Albert Camus*

西西弗神话

Le Mythe de
Sisyphe

[法] 阿尔贝·加缪 著

李玉民 译

浙江文艺出版社
Zhejiang Literature & Art Publishing House

图书在版编目（CIP）数据

西西弗神话 / （法）阿尔贝·加缪著；李玉民译.
杭州：浙江文艺出版社，2025. 4. -- ISBN 978-7
-5339-7749-8

Ⅰ. I565.65

中国国家版本馆CIP数据核字第20241370G9号

责任编辑 王莎惠 周 易　　　　**营销编辑** 张 苇
责任印制 吴春娟　　　　　　　　**数字编辑** 姜梦冉 诸婧琦
封面设计 公主不想打工了　　　　**责任校对** 萧 燕

西西弗神话

[法]阿尔贝·加缪 著　李玉民 译

出版发行	浙江文艺出版社
地　　址	杭州市环城北路177号
邮　　编	310003
电　　话	0571-85176953（总编办）
	0571-85152727（市场部）
制　　版	浙江新华图文制作有限公司
印　　刷	浙江新华印刷技术有限公司
开　　本	880毫米×1230毫米　1/32
字　　数	86千字
印　　张	4.5
插　　页	4
版　　次	2025年4月第1版
印　　次	2025年4月第1次印刷
书　　号	ISBN 978-7-5339-7749-8
定　　价	52.00元

献给帕斯卡尔・皮亚*

吾魂哟勿求永生，
但尽人事之可能。

———品达罗斯
引自《特尔斐竞技会颂歌之三》

目 录

以下篇幅论述一种荒诞感受，即本世纪零散可见的那种荒诞感受，并不论及荒诞哲学，即我们的时代，确切地说，还不了解的一种哲学。因此，要抱着起码的诚实态度，首先声明这些篇幅受益于当代某些才俊的见解。我无意掩饰这一点，在阅读本作品的过程中，能看到我引述并且评论他们的真知灼见。

不过，同时也应指出，荒诞，迄今为止，一直被当作结论，而在这部论著中，则被视为出发点。从这种意义上可以说，我的论述有暂定性，很难预判其立场。在本文中，只能看到对一种精神病态的纯描述。任何形而上的东西、任何信仰，暂时都不牵扯进来。这便是本书的底线和定见。

荒诞推理

荒诞与自杀

　　真正严肃的哲学命题只有一个，那便是自杀，判断人生是否值得，就是回答哲学的根本问题。至于世界是否呈现三维，精神分成九等还是十二等，诸如此类都等而下之，无异于游戏，首先必须回答这个命题。若真如尼采所愿，一位哲学家要受人敬重，就必须身体力行，那么就能领悟这种回答的重大意义，因为言出必行，要有义无反顾的举动。这完全是心知肚明的事，但是还得深入探讨，才能让思想也能明了。

　　假如我问自己，凭什么判断这个问题比那个问题更紧迫，我的回答就是要看这个问题所连带的行为。我从未见过有谁为本体论而死。伽利略掌握一个重要的科学真理，生命一旦因此而堪忧，他便轻而易举地舍弃真理。在一定意义上，他做得也对。那个真理不值火刑柴堆的费用。地球和太阳，究竟哪个围着哪个转，这根本就是无所谓的事儿。说穿了，这是个无聊的问题。反之，我倒看见许多人求死，就是认为生命不值得活。我还看到另一些人极为反常：为了那些向他们提供生的理由的思想或者幻想（所谓生的理由，同时也是死的绝妙理由），就献出了生命。由此我判定，生命的意义是最为紧迫的问题。如何回答呢？纵观所有根本问题，我指的是可能导致人去死的问题，或者大大激发生的欲望的问题，恐怕也只有两种思维方式：拉帕利斯①的方式和堂吉诃德的方式。明显的事实与抒情的表达，只有保持平衡，才能同时让人进入感动和明察的状态。在一个如此平常又如此悲怆的主题中，古典奥博式的论证，可以想见，必当让位于一种更为谦抑的精神态度，即发自常情常理和善气迎人的态度。

论及自杀，向来视为一种社会现象。这里则相反，首先要弄清楚个人思想与自杀的关系。这样一种行为，堪比一部伟大作品，是在心灵的幽寂中酝酿的。当事者本人并不知晓。一天晚上，他开了枪，或者扎入水中。一个房产公司的经理自杀了。有一天人家告诉我，丧女之痛折磨了他五年，人已经脱相了，正是这件事"毁了他"。不能期望更确切的词了。开始思虑，就是开始自毁。这类事情的开端，跟社会没有多大关系。蛀虫自在人心。必须深入人心去寻找。这种死亡游戏，从面对生存的清醒，到逃离光明，应该跟踪并理解这种游戏的始末。

---

① 拉帕利斯（1470—1525），法国元帅，骁勇善战，奋不顾身，战功卓著。部下称颂他："死前一刻，他依然存活。"

一场自杀有许多缘由。一般来说，最明显的不见得是最致命的原因。很少有人三思而后自杀（然而，不能排除这种假定）。引发危机的因素，几乎总是无法确认的。报纸常说，"难言之隐"，或者"不治之症"。这种解释倒也成立，但是必须了解出事的当天，绝望自杀者的一个朋友，是否用满不在乎的口气跟他讲过话。如果有，那么此人便有罪过。因为这一助推，就足以让尚在悬浮的所有怨恨、全部厌弃一发而不可收了。

不过，思想把赌注押在死亡的精确时刻、微妙举措，如果说很难确定的话，那么从这种行为本身，就容易得出其假定的后果了。自杀，在一定意义上，如同在情节剧中那样，就是承认了，就是承认自己跟不上生活了，或者不理解生活了。我们在这些类比中也不要走得太远，还是回到日常生活用语吧。就是仅仅承认这"不值得"。自不待言，生活，从来就不是易事。人总是持续地做出生存所号令的举动，出于种种原因，头一条就是习惯。情愿死亡，就意味确认了，即本能地确认了这种习惯的可笑性，确认了活在世上缺乏深刻的理由，确认了每天这样躁动的荒谬性，毫无必要受苦受难。

究竟是什么无法估量的情感，剥夺了精神的睡眠，生命不可或缺的睡眠呢？一个甚至能用歪理解释的世界，总还是一个熟悉的世界。反之，在一个突然被剥夺幻想和光明的天地中，人就感到自己是世外人了。这种流放则无可挽救，只因对丧失的故土的回忆，乃至对乐土的期望，统统被剥夺了。这种人与其生活的脱离，演员与其舞台景物的脱离，恰恰就是荒诞感。所有身心健全的人，都曾想过本身的自杀，无须更多的解释就可以确认，自杀的情节同向往虚无有一种直接的联系。

这部论著的主题，也正是荒诞与自杀之间的这种关联，通过自杀解决荒诞的切实手段，原则上可以肯定，一个不会弄虚作假的人，他信以为真的事就势必决定他的行动。相信人生的荒诞性，这种认识就必定支配一个人的行为。世界的这种秩序所得出的结论，是否要求人尽快脱离一种不可理解的生存状况，不必抱着虚假的悲怆情怀，明确地这样扪心自问，这是一种正当的好奇心。我这里所指，当然是打算表里如一的人。

这个问题明确地表述出来，就显得既简单又无从解决了。然而，假定简单的问题，必引出同样简单的回答，显而易见的事就意味着显而易见，那可就错了。如果先就把这个问题颠倒来说，如同自杀或不自杀一样，在哲学上似乎也只有两种解决办法，即"是"还是"否"。那真是太美妙了。但是，还必须考虑到另一部分人：他们一直发出疑问，却不下结论。而且，这种人是大多数，我这么讲并非戏言。我也同样看到，还有一些人回答"否"，但在行动上心里仿佛想着"是"。事实上，我若是接受尼采的标准，那么不管是这种方式还是那种方式，他们想着同样一个

"是"。反之，那些自杀的人，则往往确信了生命的意义。这类矛盾屡见不鲜。甚至可以说，在反而极渴望逻辑性这一点上，矛盾从未显得如此鲜明。拿他们的行为对比他们宣扬的哲学理论，不过是老生常谈了。但是也应指出，在拒不认为人生有意义的思想家中，除了文学作品人物基里洛夫[①]，传奇人物佩尔格里诺斯[②]，以及儒勒·勒基埃[③]之外，谁也不会将自己的逻辑推演到否定人生。提起叔本华在丰盛的宴席上还赞美自杀，大家经常作为笑谈。其实，这毫无可笑之处。这种不严肃对待悲剧的方式，算不上多么严重，不过，这种方式最终要判断其人。

面对这种种矛盾和种种费解，难道就可以认为，对人生持什么看法，同轻生之举就毫无关系吗？在这方面，千万不要夸大其词。在人对生命的依恋中，有某种比人世所有苦难更强大的东西。肉体的判断抵得上精神的判断，而在毁灭面前，肉体是要退缩的。我们先养成活在世上的习惯，然后才学会思考的习惯。在人生的旅途上，每天都把我们向死亡推进一点，肉体则无法挽回地保持领先地位。总而言之，这种矛盾的要点，寓于我称之为"闪避"之中，

---

① 基里洛夫：陀思妥耶夫斯基的长篇小说《群魔》中的主要人物之一。
② 佩尔格里诺斯：希腊犬儒派哲学家，于公元165年奥林匹克运动会上自焚。"我听说战后一位作家，要与佩尔格里诺斯比试高低，他完成处女作之后便自杀，以期引人关注他的作品。的确引人注意了，但是认为他的书实在低劣。"——作者原注
③ 儒勒·勒基埃（1814—1862），法国哲学家，在海上游泳力竭溺水身亡。

比起帕斯卡尔所说的"移开","闪避"既少点什么,又多点什么。闪避死亡成为本文的第三主题,即希望。希望另一种必须"值得"的人生,或者像那些弄虚作假的人,他们活着不是为生活本身,而是为了超越生活,把生活崇高化的伟大思想:弄虚作假赋予人生以某种意义,同时也背叛了人生。

就这样,什么都插一手,越搅越乱。有人迄今还一直玩弄辞藻,佯装相信否认人生的意义,势必导致宣称人生不值得一过,而且他们的说辞也不无影响。其实,这两种判断之间,并无任何硬性的尺度。只不过,不要受迷惑,接受这里所指出的混淆视听、离谱和自相矛盾的言论,必须排除这一切,直趋真正的问题。人自杀就因为活得不值,这无疑是一条真理,但这不言自明,因而很贫乏。这种对人生的侮辱,这种对人生的彻底戳穿,难道是源于人生根本无意义吗?难道人生荒诞就要求人通过希望或自杀逃避人生吗?这必须澄清,必须排除其余的一切,探究并阐述明白。荒诞就导致轻生吗?必须给这个问题优先权,不去管各种各样的思想方法,以及无私精神五花八门的把戏。论及任何问题,一种"客观"精神总善于引入差异、矛盾、心理学,在这种探索和这种激情中就没有位置了。这里只需要一种无来由的思想,即逻辑。这并不容易。讲讲逻辑,倒是不费力气。但是,要把逻辑贯彻到底,几乎就是不可能的事了。亲手结束自己生命的人,就是这样沿着他们感情的斜坡，一直滑到终点。思考自杀的问题，也就给了我机会，提出我唯一感兴趣的问题：一直到死都合乎逻辑吗？要想弄个水落石出，我只能排除混乱的激情，单凭明显事实之光，继续我在这里指明其根源的推理。这便是我所说的荒诞推理。许多人开始这样做了。我还不了解他们是否能坚持做下来。

卡尔·雅斯贝斯①揭示，世界根本不可能组成一个统一体，他这样高呼："这种局限将我引向自我，而一进入自我，我就不再躲到只为表现的一种客观观点后面了，而且对我而言，无论我本人还是他人的存在，也都不会再成为对象了。"他步许多人后尘，又提起思想已抵达其边缘的那些无水荒凉的地方。步许多人后尘？是啊，毫无疑问，可是有多少人都急于退出来呀！到这最后的转弯处，思想摇摆起来，许多人到达了，属于最卑微的人。于是，他们舍弃了他们最为珍视的生命。而另一些人，精神领域的王子们，他们也舍弃了，但是他们在最纯粹的精神叛逆中，杀死了自己的思想。真正的努力反而在于坚持，竭尽所能地坚持，并且近距离察看那种遥远国度的怪异的草木。在这场非人的游戏中，荒诞、希望和失望都彼此批驳，而执着

---

① 卡尔·雅斯贝斯（1883—1969），20世纪德国哲学家，为现代存在主义哲学奠定了基础。他在《哲学的远见》（1948）和《哲学信仰与启示》（1962）中，主张建立世界哲学，其任务是制定一种思维程式以有助于建立自由的世界秩序。从存在哲学转变到世界哲学，是基于一种信念，相信一种逻辑可以使人类得以自由交流信息。

和洞察才是得天独厚的观察者。这场舞蹈，既简单又精妙，因此，精神可以先分析舞者的形象，然后再彰显之，并且亲身体验。

荒诞之壁

深挚的情感犹如伟大的作品，总比有意表达出来的蕴含更多。心灵的某种活动或者反感所具有的恒定性，也在所为或所思的习惯中再现，还延续到心灵本主都不知晓的后果中。伟大的情感游荡时，总携带着自己的宇宙，不管是辉煌的还是悲惨的宇宙。伟大的情感以其激情，照亮一个排他性的世界，并在其中重获自己的氛围。无论是嫉妒、野心、自私还是慷慨，都有自己的一洞天地。所谓一洞天地，就是一种形而上学和一种精神姿态。已经专一化了的情感，既有真实的流露，那么初发的激情就会流露出更多的真实：初发的激情宛若美感或荒诞引起我们的反应，都同样未确定，都同样模糊而又同样真切，都同样遥远而又同样"近在眼前"。

无论哪个人，走到哪条街的拐角，荒诞感就会扑面而来。原来原样，赤裸裸的实在败兴，倒是明亮，却没有光芒，又难以捕捉。然而，这种难题本身就发人深思。一个人对我们来说始终是陌生的，情况大概确实如此：他身上总有什么我们把握不住的东西。然而通常，我认识这些人，我通过他们的举止、他们行为的总和，通过他们所经之处给生活留下的后果，就能认出他们来。同样，所有这些非理性的情感，想分析都无从下手，我却通常能够确定，通常也能品评。也就是说，将这些情感的全部后果归拢到智力的范畴，抓住并记录其各种各样的面孔，再勾画出情感的天地来。可以肯定，同一个演员，我看了他上百场演出，也未必更好地了解他本人。然而，如果我把他扮演过的人物归拢起来，如果清点到一百个人物时，我说稍许了解他了，大家会感到我这话有几分道理。只因这种表面上不合理的事物，也是一种简单的寓言，有一定的教益，能让人了解，既可以通过他演的戏，也可以通过他的真情冲动来界定一个人。同样道理，一种低调、一些心中难容的情感，也会因其激发起来的行为，因其假定的精神姿态，总能部分地暴露出来。大家会明显感到，我这是在确定一种方法。不过，大家也会同样感到，这是分析方法，而非认识方法。因为，方法也包含着形而上学，会不知不觉暴露出有时坚称还不甚了了的结论。一本书也如此，最后几页在开篇头几页就有所表露。这种盘根错节无法避免。这里界定的方法宣扬这种感觉，不可能完全认识真相。唯有表象可以量化，氛围可以感知。

这种难以捕捉的荒诞感，我们也许能在迥异的但是友

爱的世界中不期而遇，那便是智力的、生活艺术的，或者
纯艺术的世界。从一开始就有了荒诞的氛围。结局，就是
荒诞世界和这种精神姿态，须知精神姿态是用自己特有的
光照亮世界，并且能从自身认出这张得天独厚的冷酷面孔，
以便使之大放光彩。

　　但凡伟大的行动，但凡伟大的思想，都有一个不起眼
的开端。伟大的作品往往诞生在一条街的拐角，或者一家
餐馆的小门厅。荒诞也如此。荒诞世界还甚于别的事物，
更能从这种卑微的出身赢得高贵的身份。在某些场合，一
个人用"没什么"回答关于他的思想本质的提问，也许就
是一种敷衍。被对方爱的人都心知肚明。话又说回来，假
如这一回答是真诚的，反映出这种特殊的心态，即空虚富
有深意，日常行为的链条断了，心灵无奈地寻找重新接起
来的一环，那么，这种回答就可视为荒诞的第一个征象了。

　　有时候，布景会坍塌。起床，乘电车，在办公室或工
厂干四小时，吃饭，乘电车，再干四小时，吃饭，睡觉，
而且星期一、星期二、星期三、星期四、星期五和星期六，
全是同样的节奏。大部分时间里，这条路走得相当顺畅。
不过有一天，突然萌生"为什么"的疑问，在这种带有惊
讶色彩的厌倦中，一切就开始了。"开始了"，这很关键。
一种机械生活的行止，到头来就是厌倦，但是厌倦也同时
开启了意识的活动。厌倦唤醒了意识，并且挑起了一系列

状况。一系列状况，就是不自觉地回顾生活链条，换言之，这是最终的觉醒。随着时间的推移，觉醒到一定程度，便有了后果：自杀或者复萌故态。厌倦本身，有其令人作呕的成分，可是在这里，我应得出结论：厌倦是有益的。因为，一切都始于意识，只有通过意识才有价值。这些见解毫不独特，但是显而易见：用在一时就足够了，正好可以粗略地辨识荒诞的根源。简单的"思虑"是一切的初始。

同样，日复一日，生活毫无光彩，时间裹挟着我们。然而，总会有那么一刻，应当裹挟时间了。我们生活在未来："明天""以后""等你混出个样儿来""等你长大就会明白"，这些不着调的话令人赞叹，因为最终，就关系到死亡了。总归有那么一天，人觉察到，或者说他已三十了。他这样也是强调年轻，但是这样一来，他就根据时间给自己定位了。他在时间里就位了。他承认自己处于人生弧线的某一时间点上，从而表明他应当走完全部路程。他从属于时间了，不免心生恐惧，确认了时间是他的死敌。明天，他盼望明天，而他全身心本该拒绝的。肉体的这种反抗，就是荒诞①。

再低一个层次，就是陌生性了：发现世界"厚实"，看出一块石头陌生到何等程度，我们感到无能为力，大自然

---

① 这并非本意上的荒诞。这里不是下定义，而是要列举一些可能包含荒诞的情感。列举完了，也并没有说尽荒诞。——作者原注

显示何等强度，一处风景就可以否定我们。自然美的深处，无不潜伏着非人的东西：就说这些山峦，天空的晴和，这些树木曼妙的图景，转瞬间就丧失了我们所赋予的幻想的意义，从此就跟失去的天堂一样遥不可及了。世界原初的敌意，穿越了数千年，又追上我们了。这个世界，一时间我们看不懂了，只因多少世纪以来，我们所理解的世界，无非是我们事先赋予它的各种形象和图景，只因从此以后，我们再无余力使用这些伎俩了。世界又恢复原样，也就脱离我们的掌握了。这些由习惯遮饰的布景，又恢复了本来的面目，离我们远去了。同样，本来一位女子熟悉的面孔，已经爱了数月或数年的一位女子，有些日子忽然觉得是个陌生人了，甚至可以说，我们也许渴望使我们突然如此孤独的东西。不过，时间还没有到。唯一可以肯定的是：世界的这种厚实和这种陌生性，正是荒诞。

人也同样分泌出非人性的东西。在清醒的某些时刻，他们行为机械的样子，毫无意义的扭怩作态，能把他们周围的一切变得荒谬极了，一个男人在玻璃电话亭里打电话：别人听不到声音，却看得见他那毫无意义的手势，让人不由得发出疑问，他为什么活着。面对人本身的非人性所产生的这种嫌恶，面对我们本身形象的这种无法估量的堕落，还有，如同一位作者所称我们时代的这种"恶心"①，这

① 加缪评述了萨特的小说《恶心》，文章发表在《共和阿尔及尔》杂志上（1938年10月20日）。

些也都是荒诞。同样，在某些瞬间，陌生人在镜子里朝我们走来，再熟悉不过的兄弟，却又令人不安，在我们的相册里重又见面，这还是荒诞。

终于该谈谈死亡了，谈谈我们对死亡的感受。这个话题已经说尽，谨防再唠叨些悲天悯人的话。人人都活在世上，却好像谁也"不知道"似的，对此世人怎么表示惊讶也不过分。这是因为，实际上并没有死亡的经验。就本义而言，只有生活过来的，并且意识到了，才算是经验过了。这里，仅仅探讨一下，是否可能谈谈别人死亡的经验①。这是一种代用品，精神上的一种看法，我们自己也从来不会特别信服。这种约定俗成的伤悲，也不可能令人信服。其实，恐惧来自死亡事件的数字方面。如果说时间让我们畏惧，那是因为时间进行了演示，随后才是答案。关于灵魂的所有漂亮的演说，在这里，至少此刻要接受其相反观点的粗略演算。灵魂从这打耳光再也留不下痕迹的僵体中消失了。这种偶发事件最终的基本面，就构成了荒诞感的内容。在这种命运的死亡的光照下，百般无用显现了。任何道德，任何成果，面对支配我们生活状况的血腥的数学，都不能先验地得到证实。

重复一遍，这一切都已经一说再说了，我在这里只是简括地归类，指出这些显而易见的主题。这些主题贯穿在

---

① 加缪既受克尔凯郭尔《哲学拾零附言》的启发，也受海德格尔《什么是形而上学》的启发。

所有文学作品和所有哲学作品之中，也充斥于每日的谈话，没有必要再重新制造出来。但是，必须首先确认这些明显的见解，才可能接着探讨首要的问题。我所感兴趣的，再重复一遍，主要不是荒诞的发现，而是发现荒诞的后果。如果确认了这些事实，那么应当得出什么结论呢？什么也不避讳能走到什么地步呢？我该情愿一死，还是不顾一切抱着希望不放呢？在心智的层面上，也必须预先同样快速地清点一下。

思想头一个活动，就是辨识真伪。然而，思想一旦反思，那么首先发现的却是一种矛盾。在这个问题上，极力说服人是徒劳的。多少世纪以来，论述这个问题，谁也比不上亚里士多德这么清晰、这么精彩：

> 这些观点，后果备受嘲笑，也就不攻自破了。因为，肯定一切皆真，我们就肯定了对立观点肯定的真理了，从而也就肯定我们自己论点的谬误（因为对立观点的论证不容许我们的论点是真的）。如果说一切皆伪，这种论断同样是谬误。如果声称，只有同我们对立的论断是错的，或者唯独我们的论断不是错的，那么就不得不接受无限数量或真或伪的判断了。因为，一个人提出一个正确的论断，那么同时也就宣称这个论断是真

理，如此类推，以至无穷。①

这仅仅是一系列恶性循环的第一个，进行反思的思想深陷其中，迷失在令人眩晕的旋涡里。这些悖论简单明了到了无以复加的程度。不管搞什么文字游戏、杂耍，理解，首先就是整合。精神深层次的渴望，即便在演化最快的活动中，也要会合人面对自己天地的无意识感：就是要求认同，渴求明确。对人而言，理解世界，就是把世界压缩为人性，打上人的烙印。猫的世界就不是食蚁兽的世界。"任何思想都打上人格的烙印"，这句话没有别的意思。同样，精神力图理解现实，只有把现实压缩成为思想术语时，才能心满意足。如果能看出世界也同样会爱和感到痛苦，那么人就会心平气和了。如果思想在外界现象的哈哈镜里，发现了永恒关系，既能把现象概括起来，自身又能概括为唯一的原则，那就可以侈谈精神的幸福了，而这些幸福者的神话，也不过是一件可笑的赝品。这种对一体化的眷恋，这种对绝对的渴求，标明了人类悲剧的基本演变。就算这种眷恋成为事实，也并不意味它必然立即得到缓解。因为我们跨越了横亘在渴望与获取之间的深渊，同巴门尼德②一起肯定单一为现实（不管哪种单一），那么我们就跌进精神的可笑的矛盾中：这种精神肯定完全一致，并以其肯定

① 出自亚里士多德《形而上学》第四卷第八章。
② 巴门尼德（约公元前515—约前440），希腊哲学家。

本身来证明它自己与众不同，证明他声称解决的分歧。这是另一种恶性循环，足能扼杀我们的希望。

这些仍是显而易见的事实。我再次重复，它们的趣味不在于本身，而在于可能引出的后果中。我了解另一个明显的事实：它告诉我人必有一死。可以历数从中得出极端结论的那些智者。要知道，我们想象中了解的和实际了解之间的恒定差距，实际的认同和假装的无知之间的恒定差距，在本论著中必须视为永久的参照。至于假装的无知，正是让我们抱着一些观念活在世上，而这些观念，我们若真亲身体验一番，那就势必打乱我们的全部生活。面对精神的这种纠缠不清的矛盾，我们恰恰可以完全把握一点：将我们同我们的创造物拆开的分离。思想只要在它希望的静止世界中缄默，就会在它眷恋的一体中井井有条。然而，思想只要动一动，这个世界就会断裂并倒塌了：无穷数的闪光碎片蜂拥呈现在认识的面前。根本无望了，再难重建能给我们心灵宁静的那种亲切而平静的表层。探索了多少世纪之后，多少思想家前赴后继，我们十分清楚，对我们的全部认识，这是千真万确的。除开职业的唯理论者，如今对真正的认识都不抱希望了。如果只能写一部人类思想有深意的历史，那么就应该写成人不断懊悔而又无能为力的历史。

的确如此，提起谁，提起什么，我能说："这我知道！"胸膛里这颗心，我能感受到，能判断它存在。这个世界，我能触摸到，也能判断它存在。我的全部学识就此为止，其余的就是构筑了。因为，我所确认的这个"我"，如果我试图抓住，如果我试图确定下来并加以概括，那么"我"就会完全化作水，从我的手指缝儿流走了。我可以一一画出我所能呈现的各种面孔，也能一一画出别人赋予"我"的各种面孔，表现这种教育、这种出身、这股热情或者这样缄默、这样高尚或者这样卑劣。可是，人们并不把这种面孔加起来。甚至我这颗心，我也永远确定不了。我确信自己的存在，我还力图给这种确信提供内容，这两者之间的沟壑却永远也填不平。我对我本人，始终是陌生的。在心理学上犹如在逻辑学上，有一些真理，又根本没有真理。苏格拉底的这句"认识你自己"，和我们忏悔中说的这句"要有德行"，具有同等的价值。这两句话同时透露出眷恋和无知。这是在重大题材上，进行得毫无结果的游戏。这些游戏只要靠点谱就算不错了。

再比如这些树木，我知道树皮粗糙，里面有水分，也闻到了树香。夜间，花草和星辰的芬芳，在心情轻松的夜晚，我怎么能否认我感到其强势和力量的世界呢？然而，大地的全部知识，也没有向我提供任何东西让我确信，这个世界是属于我的。你们向我描述这个世界，教我如何分门别类。你们向我列举了它的法则，而我求知若渴，也就同意这些法则真实可靠。你们还剖析世界的机制，我的希望也随之增加。到了最后阶段，你们又告诉我，这个五彩缤纷的奇妙宇宙，最终分解为原子，而原子又分解为电子。这一切看来不错，我等待你们继续下去。可是，你们却对我说，有一个肉眼看不见的星体系统，许多电子围绕着一个核运转。你们用一种形象给我解释这个世界。于是我承认，你们到了诗的境界：那是我永远也不能了解的。我还来得及表示气愤吗？你们又改换了理论。这门本来应当让我认识一切的科学，就这样在假想中结束了：这种明晰沉默在隐喻中，这种不确定性化为艺术作品。何必让我付出这么大努力呢？这些山峦柔美的线条、抚摸这颗慌跳的心的夜晚之手，能告诉我更多的东西。我又回到自己的起始点。我算明白了，如果说我能通过科学掌握自然现象，并且一一列举出来，我却不能相应地理解这个世界。纵然我用手指顺着起伏的地势摸遍了世界，我也不见得了解更多。你们要我选择：要么一种确切的描写，却不能教给我任何东西；要么种种假想，声称能教导我，可又一点也不确切。对于我本人和这个世界，我都是陌生者，唯一可以求救的就是一种意念，而这种意念一旦要肯定什么，就自我否定了，我这是生活在什么样的状况中啊？我要想得到安宁，就只能放弃认知和生存，想进取的渴求处处碰壁，遇到坚不可摧的壁垒！一有意愿，就要引起混乱。一切都排列有序，从而诞生一种毒化的安宁，始作俑者，就是这种无忧无虑、心灵的这种睡眠状态，以及坐以待毙的放弃。

智慧也以其方式告诉我，这个世界是荒诞的。智慧的反面，即盲目的理性，怎么断言一切都明白无误也是枉然，我还等待拿出证据，但愿理性言之有理。不过，尽管多少世纪都那么自以为是，更有那么多令人信服的雄辩家，我照样知道这是虚假的。至少在这方面，绝没有什么幸运者为我所不知。这种无论实践的还是精神的普遍的理性，这种决定论、这些解释一切各种范畴，说到底，无不有令正派的人发笑的成分。这些理性的东西，跟精神根本搭不上边儿，而是否认受束缚的思想的真知灼见。在这个有限的而又看不透的世界里，人的命运从此有了意义。一大批非理性的人群起而攻之，直到最近这种意义寿终正寝了。这些非理性的人又恢复了明智，现在更同心协力，荒诞感就渐趋明朗，越发真切了。我前面说过世界是荒诞的，未免操之过急。这个世界本身就不可理喻，眼下也只能说到这种程度。其实，所谓荒诞，就是这种非理性同执意弄明白的这种渴望的冲突，须知人的内心深处，总回荡着弄清世界的呼吁。荒诞既取决于人，也同样取决于世界。荒诞在目前，是人与世界的唯一纽带。荒诞将人与世界捆绑在一起，正如仇恨，唯有仇恨能把世人联系起来。我在这个无可比拟的世界中探险，所能辨别清楚的，也只有上述这一点。就此打住吧。支配我同生活关系的这种荒诞，如果说我当真的话，面对世界的景观震撼我的这种荒诞感，以及探索一门科学强加给我的明智；如果说我坚信的话，那么我就应该为这类坚信牺牲一切，我就应该完全正视，以便牢牢地把握住。我尤其应该在坚信中调整我的行为，不管产生什么后果都需要坚持到底。我这样讲是真心诚意的。不过，我事先还是想了解，在这大片沙漠中，思想能否存活。

我已经知道，思想至少进入了这片沙漠，并且找到了自己的面包，还在沙漠中醒悟了，先前一直以幻影为食。思想趁机提出了几个最紧迫的主题，以供人类思索。

荒诞被承认之时起，就是一种激情，最撕心裂肺的激情。但是，问题全在于要了解，人能否与荒诞的激情共生存，能否接受激情的生存法则，即同时焚毁被它激发起来的人心。这倒也不是我们将要提出的法则。这一法则处于这场探索的中心。到时候回头还要再谈。先得承认，这些主题和冲动产生于荒漠。只要列举出来就够了。这些也同样，已经尽人皆知了。始终有人站出来，捍卫非理性的权利。有一种可以称为受屈辱的思想，其传统从来没有间断过。对理性主义的批判未免太多，不必再做了。然而，我们的时代却又出现这些荒谬的体系，千方百计地让理性蹒跚而行，就好像理性真的在一直往前走似的。不过，这也证明不了理性多么有效力，更证明不了理性的希望有多么强烈。看看历史，这两种态度始终并存，标明人的主要激情：一面激情呼唤向一统，一面又明白看到高墙壁垒的包围，人实在进退维谷。

不过看起来，对理性的攻击，也许任何时代也不如现实来得猛烈。前有查拉图斯特拉①大声疾呼："也是天缘凑巧，这是世界上最古老的贵族。当我说任何永恒的意志都不肯高踞于世间万物的时候，我就是把这个头衔还给了世间万物。"后有患了不治之症的克尔凯郭尔②："这病症导致死亡，人已去世万事皆空。"荒诞思想富有深意，又百般扭曲的主题层出不穷。至少可以说（而这种差异至关重要），非理性思想和宗教思想的主题就是如此。从雅斯贝斯到海德格尔，从克尔凯郭尔到舍斯托夫③，从现象学者到谢勒④，思想上全是一家人，由他们的眷恋结成亲族，活跃在逻辑和道德领域，以不同的方法，或者抱着不同的目的，不遗余力地阻挡理性的阳关大道，要重新找到直通真理的路径。我在此假设，这些思想为人了解并体验过。这些先贤时俊，不管他们先前或现在有什么雄心大志，他们全以这样一个世界出发：这个世界难以描摹，由矛盾、二律背反、惶恐或无能为力统治着。他们的共同点，恰恰是迄今所揭示的这些主题。关于他们，也同样必须说，尤其看重的，就是他们从这些发现中所得出的结论。这十分重

---

① 查拉图斯特拉（约公元前628—约前551），又译为琐罗亚斯德，波斯宗教改革家，先知，琐罗亚斯德教创始人。他宣扬人永生免死长享幸福的正义之国，同时宣扬二元论，即智慧之主有一个对手——阿里曼，是万恶之源。这一段引自《查拉图斯特拉如是说》第三部分《太阳升起之前》。

② 克尔凯郭尔（1813—1855），丹麦哲学家、神学家。

③ 舍斯托夫（1866—1938），俄罗斯哲学家，1920年移居法国，他是德国哲学家胡塞尔的高徒，是德国现象学派最受瞩目的哲学家之一。

④ 谢勒（1874—1928），德国社会与伦理哲学家，以研究现象学的方法而知名。

要，值得单独进行研究。眼下只谈谈他们的发现，以及他们最初的体验，只谈谈已证实的他们的不谋而合。如果说想要谈论他们的哲学，有点不自量力的话，那么不管怎样，让人感受一下他们的共同氛围还是可能的，这也就足够了。

海德格尔冷眼审视人类生活状况，宣称这种生存是一种侮辱，唯一的现实，就是人在各个阶段的"思虑"。对于迷失的世界和自身迁徙的人来说，这种思虑是一种转瞬即逝的忧虑。不过，这种忧虑一旦意识到了，就会转化为惶恐，清醒着永久的氛围，"生存重又陷入其中"。这位哲学教授拿笔的手丝毫也不发抖，用最抽象的语言写道："人生存的有限性与限定性，比人本身还重要得多。"他对康德感兴趣，只是看出康德的"纯理性"局限性，也是为他的分析做出结论："世界再也不能向惶恐的人提供什么了。"在他看来，这种思虑事实上大大超越了推理的范畴，因而他一心只想这种思虑，只谈这种思虑了。他列举了思虑的种种面孔：烦恼的面孔，当凡夫俗子力图将思虑同自身挂钩，并力图使之减缓的时候；恐惧的面孔，当智者贤达直面死亡的时候。意识到死亡，这便是思虑的呼唤，"于是，生存通过意识，也向自己发出呼唤"。

死亡的意识正是惶恐的声音，要求生存"主动从毁灭返回芸芸众生"。他也不例外，不能睡大觉，必须日夜警醒，一直守到生命耗尽。他在荒诞的世界中坚守，又强调荒诞世界的可毁性。他在废墟中寻找自己的路。

雅斯贝斯对整个本体论大失所望，因为他断言我们丧失了"天真"。他知道我们必然一无所成，不能让表象的乏味游戏升华。他也知道，精神的归宿就是失败。他久久徘徊在历史提供给我们的精神冒险之路上，无情地揭示了各种体系的缺陷，识破了拯救一切的幻想、毫无掩饰的说教，在这荒废的世界，已然证明了根本不可能认识，虚无仿佛是唯一的现实，无可补救的绝望，唯一的姿态。因此，他试图重新找到阿里阿德涅的小线团，沿导线通往秘密的神界。

舍斯托夫另有建树，通过一部单调的令人叹为观止的著作，反复不断地进取同样的真理，持续不断地指出，最缜密的体系，最广泛的理性主义，最终总要绊倒在人类思想的非理性上。任何具有明显讽刺意味的道理、任何贬损理性的可笑的矛盾，都逃不过他的眼睛。唯一引起他兴趣的事，那就是例外，无论是属于心灵史还是属于精神史。通过陀思妥耶夫斯基式的死囚体验，通过尼采式的狂放的精神冒险，通过哈姆雷特式的诅咒，或者易卜生式的苦涩的贵族生活，他不断发现，指明并赞扬人对无可补救的世界的反抗。他拒绝将自己的道理归附理性，而且直到这片没有色彩、一切确定的东西全变为石头的荒漠深处，他才颇为坚定地开始大踏步前进。

在所有这些人当中，最吸引人的也许还是克尔凯郭尔，至少那人生的一部分是如此，他远比发现荒诞胜过一筹，他体验了荒诞。"最可靠的缄默，不是三缄其口，而是开口说话。"①写下此话的人，一开始就确信，任何真理都不是绝对的，也不可能让本身都不成立的存在令人满意。这个洞达事理的唐璜，不断变换笔名发表文章，频繁地制造矛盾，他写了《布道词》，同时又炮制出《诱惑者的日记》这样一本犬儒主义唯灵论的教科书。他拒绝安慰、道德，也拒绝一切令人安心的原则。这根刺，他感到扎在心上②，但绝不会试图减轻痛苦，他反而唤起痛苦，乐在绝望中，像个钉在十字架上的受难者，有一种求苦受罪的满足感，清醒、拒绝、戏谑，他一点一点塑造一类魔鬼附身者。这张既温和又讪笑的面孔，这种伴随着从灵魂深处发出喊叫的旋转，正是荒诞精神，在同能超越它的现实进行拼搏。精神的冒险，将克尔凯郭尔引向他那些宝贵的轰动效果，而冒险本身也是在混乱中开始的，进行一场丧失其背景、回归原初缺乏条理的体验。

在另一方面，在方法上，胡塞尔和现象学派哲学家们，同样以夸张的手法，重建了多样性的世界，否定了理性超验的能力。精神世界同他们一起，无法估量地丰富充实起来。玫瑰花瓣、公路的里程碑，或者人手，比起爱、欲望

---

① 转引自克尔凯郭尔《论绝望》法译本。

② 典出《圣经·新约》的《哥林多后书》第十二章："又恐怕因我所得的启示甚大，就过于自高，所以有一根刺加在我肉体上，就是撒旦的差役，要攻击我，免得我过于自高。"

或者万有引力来，都具有同等重要性。思想，不再是一统天下了，不再是使表象以大原则的面目变得为人熟知了。思想，就是重新学会观察世界，学会集中注意力，就是引导自己的意识，就是以普鲁斯特的方式，将每一种意念、每个形象，都转化为一块福地。一切都成为优选了，也实在反常了。能为思想说得通的，就是思想的极端自觉性。胡塞尔虽然显得比克尔凯郭尔，或者比舍斯托夫更为实证，可是当初，他却否定理性的古典方法，打破希望，敞开直觉和心灵的门，迎入庞杂的现象，而那些纷繁的现象则有些非人性的东西。他走过的一条条路，通向一切科学，抑或通不到任何科学。这就是说，方法在他这里，比结果更为重要。仅仅重在"认识事物的一种姿态"而非寻求安慰。再说一遍，至少当初是如此。

这些聪慧的人深层的亲缘关系，怎么能感觉不到呢？他们聚集在优选之地，痛苦丛生而再无希望，怎么能看不出来呢？我要一切都给我解释清楚，否则免开尊口。面对这种心声，理性就无能为力。被这种要求唤醒来的精神，不断探索，也只是发现矛盾和非理性。我不懂的东西，就没有道理。世界充斥着这些非理性的东西。单说这个世界，我不懂得它单一的含义，那它就是个非理性的大千世界。哪管能讲上一次"这明明白白"，那么一切都会得救。谁知，这些人却抢着宣布：什么也不明确，一切都混乱不堪，人仅仅保留了自己的明确，以及对围墙的真切认识。

　　所有这些体验都协调一致，而且相辅相成。精神探到边缘，应当做出判断，选择其结论。这便是自杀和答案的所在。不过，我要将探索的顺序颠倒一下，从精神探险出发，再回到日常的行为中。前面提到的体验是在荒漠中，还绝不能离开。至少应当了解，体验达到了什么地步。这样努力的结果，人就迎面撞上非理性，内心不由得感到渴望幸福和理性。一边是人的呼唤，另一边是世界毫无理性的沉默，这两者对峙便产生了荒诞。这一点不应当忘记，必须紧紧抓住不放，因为从而就可能产生人生的全部后果。非理性、人的怀旧眷恋，以及由这两者冲撞而产生的荒诞，这就是人生悲剧的三个人物，而人生悲剧，势必同一种生存成为可能的全部逻辑一起收场。

哲学式自杀

荒诞感并不因此就是荒诞的概念。荒诞感给这种概念打下基础，仅此而已。荒诞感无非是判断世界的那个瞬间，并没有概括成为概念。前面的路还很长。荒诞感是鲜活的，也就是说要么自生自灭，要么风风火火往前闯。我们汇集的这些主题就是如此。再强调一遍，我所感兴趣的，绝不是一些著作或思想，要进行批评就必须换一种形式、换一种场合，而是发现他们结论中的共同点。各种各样的思想，也许从来没有这么大分歧。然而，他们激情游荡的那些精神景物，我们应该承认是相同的。再如，有多少天差地远的学科，沿各自的路线走到终点，也以同样方式发出这声呼喊。大家明显感到，正如刚刚回顾的，那些思想处于相同的气候环境。若说那种气候环境害人性命，还真算不上玩弄文字。生活在令人窒息的天空下，就是要求人要么离开，要么留下来。问题是要弄明白，在同一种情况该如何离开？在第二种情况又为什么留下来？我就是这样来确定自杀问题，以及对存在主义哲学的结论可能产生的兴趣。

我要事先抢个瞬间偏离正道。迄今为止，我们可能是从外围来勾勒荒诞的。然而，也可以考虑这个概念包含什么清晰的内容，力求通过直接分析，一方面找出这个概念的含义，另一方面也预见它所引起的后果。

假如我指控一个无辜者犯了滔天大罪，假如我硬对一个有品德的人说他贪恋亲妹妹的美色，对方就会回答我实在荒诞。这种愤慨的反应有其滑稽的一面，但是也自有其深刻的道理。这个有品德的人通过这种反驳，指明了我所指控他的行为，同他终生信守的原则之间，存在着不容置疑的二律背反。"实在荒诞"意味着"这是不可能的"，而且也意味着"这是矛盾的"。假如我看见一个人手持白刃，去攻击一伙架着好多机关枪的人，我就会断定他的行为是荒诞的。断定为荒诞，也仅仅根据他的意图和等待他的现实之间完全失衡，仅仅根据我在他的实力和设定的目标之间所抓住的矛盾。同样，我们认为一种判决是荒诞的，就是同表面上量刑适当的判决做了对比。还有，通过荒诞论证也是一样，用这种推理的后果，比较人要创建的合乎逻辑的现实。所有这些事例，从最简单到最复杂，随着我比较的诸项差距越扩大，荒诞性也就越强烈。有些婚姻是荒诞的，有些挑战，有些怨恨，有些沉默，有些战争，也有些和平是荒诞的。这些当中无论哪一种，荒诞性都产生于比较。因此，我有理由讲，荒诞感并不产生于对一种事实或一种印象的简单考察，而应当是从一种事实状态跟某种现实、一种行为跟超越行为的世界比较中激发出来。荒诞本质上是一种离异，并不存在于相比较成分的任何一方。荒诞感产生于双方的对照。

从融会角度来看，我不妨这么说，荒诞既不寓于人（如果这种隐喻有意义的话），也不寓于世界，而在于两者一起出场。荒诞一时间就成为连接人与世界的唯一纽带。假如我愿意停留在明显的事实上，我当然了解人需求什么，世界能给人什么。现在我可以说，我还了解是什么将两者融合起来，我就不需要再深挖了。对于探索的人，只确定这一点就足够了。问题仅仅在于要从中析出全部后果来。

直接后果同时也是一种方法准则。离奇的三位一体①，就这样揭示出来，绝非突然发现的美洲大陆。不过，这种三位一体也有与经验材料相同之处，既无比简单，同时又无比复杂。在这方面，它的头一个特点就是不可分割性。毁掉其中一项，就等于完全毁掉。离开人的思想，荒诞就不复存在了。因此，荒诞也跟万物一样，随着死亡一了百了。当然，离开这个世界，荒诞也同样不复存在。正是根据这个基本标准，我判断荒诞的概念是最重要的，可以位列我的第一真理。上面提及的方法准则，便在这里显现了。假如我判断一件事情是真的，我就应该保存。假如我着手

---

① 三位一体，基督教的一种理念，指圣父、圣子和圣灵合为一体，称为上帝。

解决一个问题，那么至少我不能以解决为名，偷偷抽掉问题的某一项。对我而言，唯一的已知数是荒诞。问题在于了解如何走出荒诞，能否从这种荒诞中得出自杀的结论。我探索的第一个，其实也是唯一的条件，就是保留这种能压垮我的东西，从而尊重我认为最主要的东西，即我刚才定义为一种对峙和一种无休止的斗争。

将这种荒诞的逻辑一直推演到终了，我应该承认，这种斗争则意味着完全的无望（与绝望不可同日而语）、不断的拒绝（不可与放弃混为一谈），以及意识到的不满足感（也不可混同于青春的躁动不安）。凡是破除、规避或者贬损这些要求的企图（首先就是赞同消除利益），都要毁掉荒诞，贬低有可能提议的姿态。也只有在不赞同荒诞的情况下，荒诞才有意义。

存在一种明显的事实，似乎纯属精神层面，就是一个人总是他的真理的猎物。人一旦确认了某些真理，就再也摆脱不掉了，总得付出点代价。一个人意识到了荒诞，便成为终生的羁绊。一个人没了希望，并且意识到了无望，就不再属于未来了。这也是正常的。不过，同样正常的是，他力图逃避他自己创造的一洞天地。一切前提，仅仅在考量这种悖论时才有意义。那些从批评唯理主义出发的人，承认了荒诞的气候环境，现在从这方面研究，看他们推演其后果的方式，可能比什么都更有教益。

　　然而，我若是坚守存在哲学，就会明白全部存在哲学无一例外，都向我提议逃离。存在哲学的哲学家们，从理性废墟上的荒诞出发，在一个封闭的并限制人的世界里，运用一种奇特的推理，神化了压垮他们的东西，并在剥夺他们生存条件的环境中找到一种希望的理由。这种勉为其难的希望，在所有人那里都有宗教的本质。这是值得驻足的。

　　我在这里作为例证，只想分析一下舍斯托夫和克尔凯郭尔几个独特的主题。不过，雅斯贝斯能提供给我们一个典型事例，将这种论证姿态一直推导到漫画化的程度。余下的就会变得更为清楚了。没人在意他无力实现超验性，也无法探测体验的深度，但意识到这个世界被失败搅得天翻地覆。他还要进取吗？或者至少，从这种失败中得出结论吧？他没有带来任何新意。他在体验中毫无发现，只是承认自己的无可奈何，没有一点儿机会引出令人满意的原则。然而，他不经证实，就单凭自己来说，一股脑儿肯定了超验性、经验的存在和人生的超人意义，他写道："失败不是超越了一切解释和一切可能的说明，并非表现虚无，而是超验性的存在吗？"①这种存在，以人类信念的一种盲目行为，突然就解释了一切，还下了定义，称说"一般与特殊的难以设想的统一"②。就这样，荒诞变成了神（就

① 引自雅娜·海尔什的《哲学的幻想》。
② 同上。

这个词的广义而言），而理解世界的这种无能为力，也便成了照亮万物的存在。在逻辑上，根本就引不出这种推理。我可以称之为跳空。而且，反常的是，大家理解雅斯贝斯的这种执着、这种无限耐心，务使超验的经验无法实现而后快。因为，这种近似越是难以捕捉，这种定义就越显得徒劳，而这种超验在他看来就越真实了。须知他在肯定这一件事所投入的激情，恰恰同他解释的能力和世界与经验的非理性之间的差距成正比。如此看来，雅斯贝斯特别激动地摧毁理性的偏见，以便更加彻底地解释世界。人类屈辱思想的这位使徒，就是要到极度的屈辱中，找出什么途径，能让人的生存彻彻底底地再生。

我们熟悉神秘思想，自然熟悉这种方法。这类方法同任何思想形态一样，都是正常的现象。不过，在眼下，我论述起来，就仿佛很认真地对待某些问题。我并不预判这种态度有普遍价值，有教育的效能，仅仅想考量它能否应和我提出来的条件，是否同我感兴趣的冲突相匹配。我就此再来谈谈舍斯托夫。一位评论者引述了他一段话，值得注意。舍斯托夫说道："唯一真正的出路，恰恰就在人类判断没有出路的地方。否则的话，我们还需要上帝干什么？大家转向上帝，只为获取不可能得到的东西。至于办得到的事，有人就足够了。"①假如存在舍斯托夫哲学的话，那

---

① 引自舍斯托夫的《钥匙的权利》。

么我完全可以说，他的哲学就由这段话全部概括了。舍斯托夫满怀激情，分析到最后，却发现了一切存在的根本荒诞性，可是他不说"这就是荒诞"，而是说："这就是上帝：还是信赖他为正理，即使这个上帝丝毫也不符合我们理性的范畴。"为了避免混淆，这位俄罗斯哲学家甚至暗示，这位上帝也许气量极小、面目可憎，既不可思议又矛盾重重，不过，他的相貌再怎么狰狞，他却最能显示出自身的威力。这个上帝的伟大，就在于它不合逻辑。他的证据，就是他的非人性。他必须跳跃；通过这样跳空来摆脱理性的幻想。舍斯托夫就是这样，接受荒诞和荒诞本身是同时发生的。确认了荒诞，就是接受了荒诞。舍斯托夫思想的逻辑不遗余力，就是揭示荒诞，以便让荒诞带来的巨大希望同时涌现出来。①再说一遍，这种思想形态合情合理。不过，我在本文执意要考量唯一的问题及其全部后果，无意研究一种思想或者一种信仰行为的悲情。这种研究，我还有一生的时间。我知道唯理主义者认为，舍斯托夫的态度实在令人恼火。可是我还感到，舍斯托夫反对唯理主义者也有道理，而我只是想弄清楚，他是否始终尊奉荒诞的戒律。

然而，如果承认荒诞是希望的反面，那么就能看出，对舍斯托夫而言，存在哲学的思想是以荒诞为前提的，但

---

① 引自舍斯托夫的《钥匙的权利》。

是论证荒诞又只为消除荒诞。这种思想的精妙，正是杂耍艺人的一种打动人的把戏。可是另一方面，舍斯托夫用他所谓的荒诞，对抗流行的道德与理性时，他就称之为真理和救世了。可见从根基上看，在荒诞的这种定义中，却有舍斯托夫带进去的赞同。如果承认这种概念的全部效能，寓于它冲击我们基本希望的方式中，如果我们感到荒诞为了存在，就要求人绝不能认同，那么我们就看清楚了，荒诞失去了自己的真面目，失去了它那相对的人性，从而进入一种既不可理解又令人满意的永恒之中。荒诞如果存在，那就存在于人的世界中。荒诞的概念从转化为永恒的跳板那一刻起，就不再联结人的清醒认识了。荒诞不再是人确认而又不认同的这种明显事实了。回避了斗争，人融入荒诞。在这种融合中，抹去了自身的根本特征，即对立、撕裂和离异。这一跳空，就是一种逃避。舍斯托夫多么情愿引述哈姆雷特的这句话："The time is out of joint."①他这样写下来，怀着多么强烈的希望，很可以认为这是特意给予他的。因为，哈姆雷特并不是这样宣讲的，莎士比亚也不是这样写的。非理性的陶醉，加之心醉神迷的使命，便是一种透亮的精神从荒诞中脱颖而出。在舍斯托夫看来，理性毫无意义，但是理性之外还有什么东西。对一种荒诞精神来说，理性毫无意义，理性之外什么也没有。

---

① 英文，意为"时间脱节了"。这句话引自《哈姆雷特》第一幕第五场。

这一跳空，起码能让我们多少看清一点儿荒诞的本质。我们知道，只有在一种平衡中，荒诞才显示其价值，它首先是在比较中，而不是在这种比较的诸项里。舍斯托夫则不然，恰恰将荒诞的全部重量压到其中一项上，从而打破了平衡。我们对理解世界的巨大胃口，对绝对事物的眷恋，只有一种解释，恰恰就是我们能够理解并且是许多事物。完全否定理性并无意义。理性自有其程序，相当有效。理性也恰恰是人类体验的程序。正因为如此，我们什么都想弄得一清二楚。如果我们办不到，如果恰逢此时产生了荒诞，那也恰恰是这种有效而又有限的理性，同总是不断再生的非理性相遇了。舍斯托夫特别恼火，反对这类黑格尔式的命题："太阳系的运行遵循一成不变的法则，而这些法则便是太阳系的理性。"[1]他还投入全部激情，拆毁斯宾诺莎的唯理主义，最终恰恰断定了全部理性的虚荣性。再通过自然而不合乎情理的反证，却得出了非理性的优越性。[2]但是，这个过程并不明显。因而，局限的概念和方面的概念，在此就可以介入了。自然法则在一定限度里可能有效，超越限度就自我否定，催生了荒诞。或者，自然法则在描述方面，也可以自我证明合理，但并不因此表明在解释方面真实可靠。在这里，一切都为非理性让路；明晰的要求也隐退了，荒诞便随着他的比较诸项之一而消失

---

① 引自舍斯托夫《钥匙的权利》。

② 主要指例外的概念，针对亚里士多德。

了。反之，荒诞人却没有这样扯平。他还承认斗争，并不完全藐视理性，也接受非理性。他的眼光就这样覆盖了经验的方方面面，不打算了解这一切之前就跳过去。他仅仅知道在这样关注的意识中，已没有了希望的位置。

莱翁·舍斯托夫著作中鲜明的论断，在克尔凯郭尔的著作中也许更为鲜明。自不待言，很难圈定一位如此逃避明显命题的作者。不过，有些文章尽管表面看来是对立的，可是越过化名、文字游戏和嬉笑，通观他的著作，还是觉出仿佛出现预感（同时也有恐惧）：一个真理在他最后几部作品中终将闪亮登场。克尔凯郭尔也跳跃了。他童年多么惧怕基督教，最终又趋向基督教那副最严峻的面孔。同样，在他看来，二律背反和反常现象，变成了信徒的准则。可见，正是让人对人生的意义和深刻性产生绝望的东西，现在将他的真理和敞亮赋予了他。基督教，就是坏榜样，克尔凯郭尔直截了当要求的，正是依纳爵·罗耀拉①要求的第三种牺牲，是上帝最乐见的牺牲："智力的牺牲。"②跳空的这种效果很怪异，但是不应再让我们惊诧了。荒诞不过是人世经验的一种残渣，它就转变为另一个世界的标准。

---

① 依纳爵·罗耀拉（1491—1556），天主教耶稣会的创始人（1540），制定了三条戒律：穷苦、贞洁和绝对服从。

② 可以想到，我这里忽略了信仰这个根本问题。不过，我并不研究克尔凯郭尔或者舍斯托夫的哲学，也不研究下文提到的胡塞尔的哲学（应当在另外的场合，以另外的精神形态进行研究），我只是借用他们的一个主题，研究其后果能否契合已经确定的规则。这里仅仅是固执一见。——作者原注

克尔凯郭尔说道："从他的失败中，信徒发现了他的胜利。"

我无须深究这种态度紧密关联着什么振奋人心的预言，只想考虑一下荒诞的景观及其特性能否为它正名。在这点上，我知道不可能。重新审视荒诞的内容，就能更好地理解启迪克尔凯郭尔的方法。在世界的非理性和荒诞反抗的眷恋之间，他没有保持平衡。他没有尊重平衡的关系，正是这种关系，确切地说，产生了荒诞感。逃不脱非理性是确信无疑的，那他至少可以脱离这种绝望的眷恋：在他看来，眷恋下去既无结果，也没有意义。可是，他的判断，如果在这一点上有道理的话，用到否定中就不见得对了。他那声反抗的呼喊，如果用狂热的参与替代的话，那他就受其导向，无视迄今一直照亮他的荒诞，还要深化非理性，此后他唯一的确信了。加利亚尼曾对德·埃皮奈夫人①说，重要的不是治愈，而是与病症共存②。克尔凯郭尔想要治愈。治好病症，这是他的狂热意愿，贯穿他的全部日记。他的智力不遗余力，就要逃脱人生状况的二律背反。他这种努力几乎到了气急败坏的程度，只因他在闪电的瞬间瞥见这种努力的虚幻。例如，他谈到自己时，就好像无论畏惧上帝还是虔诚，都不能给他的心灵带来安宁。他就是这

---

① 加利亚尼（1728—1787），意大利外交家、经济学家和作家。他与法国文化贵妇德·埃皮奈夫人（1726—1783）互通大量信件。

② 这句话援引自加利亚尼于1777年2月8日写给德·埃皮奈夫人的一封信。原话为："必须与病症共存。问题是活着，而不是治愈。"

样，通过一种扭曲变形的借口，赋予非理性以形象，赋予他的上帝以荒诞的特性：不公正、变化无常和不可理解。在他身上，唯独智力还试图扼制人心深切的要求。既然什么都没有证实，那么一切皆有可能。

正是克尔凯郭尔本人向我们透露所经之路。我这里丝毫不想暗示什么，可是，在他的作品中，怎么就读不出面对荒诞接受的肢解，心灵几乎情愿受肢解的征象呢？这是《日记》中反复出现的主题："我所欠缺的，正是兽性，其实兽性也是人类命定的一部分①……不过，总得给我一个躯体吧②。"再看下文："噢！尤其我在少年时期，多么想成为男子汉，无论付出多大代价，哪怕只做六个月③……说到底，我所欠缺的就是一个躯体，以及生存的肉体条件④。"然而，在别的著作中，这个人将希望的呐喊当成自己的呼声：呐喊之声穿越多少世纪，激发多少人心，唯独荒谬人无动于衷。"其实，对基督徒来说，死亡绝不是一切的完结，死亡蕴含无穷无尽的希望，对我们来说，这是生命，即使洋溢着健康与活力的生命也难包藏的。"⑤学习坏榜样进行和解，总归还是和解。看得出来，这种和解也许能让人从希望的反面，即死亡中引出希望。不过，即使同情心令人倾向这种态度，那也得指出，突破限度证明不了

---

① ② ③　引自法文版《日记》卷四。
④　引自克尔凯郭尔《论绝望》。
⑤　参看《论绝望》的导论。

什么。据说，这超过人的限度，因此就是超人的。按说，这"因此"一次就多余了。这里根本谈不上逻辑肯定，也绝谈不上经验的概率。我所能说的，无非是这确实超出我的尺度。即或从中引不出一种否定，至少我绝不愿以不可理解的见解为基础立论。我就是想了解，我有已知的条件，仅仅有这些条件能否活下去。还有人对我说，在这个问题上，智力应当舍弃自傲，理性也应当低首下心。然而，我即使承认理性的局限，也不会因此就否定理性，总得承认它那些相对的效能。我只想坚持走这中间道路，而在这路上，智力一直能明了透亮。如果说这就是他的自傲，那么我看不出有什么充分的理由放弃。克尔凯郭尔的见解无比深刻，例如，他认为绝望不是一种事实，而是一种状态：罪孽的原本状态。因为，罪孽就是背离上帝。荒诞，则是觉悟人的原本状态，并不通向上帝。[1]也许这种概念会更为明朗，假如我贸然用极荒唐的说法：荒诞，就是没有上帝的罪孽。

这种荒诞状态，问题在于生活其中。我知道荒诞建在什么基础之上：这种精神和这个世界彼此支撑，却又不能拥抱在一起。我探问这种状态的生活准则，得到的指点不但忽略这种基础，否认痛苦对立诸项中的一项，还忠告我务必放弃。我探问我认作自己的生活状态会带来什么后果，

---

[1] 我没有说"排除上帝"，这仍可以理解为肯定。——作者原注

心里清楚这种状况意味着昏暗朦胧和蒙昧无知。而有人却明确告诉我，这种无知能解释一切，这种黑夜就是我的光明。然而，他们所答非我所问，这种激动人心的抒情难以向我掩饰反常的现象。因此，必须调转方向。克尔凯郭尔可以大喊大叫，发出警告："如果人没有永恒的意识，如果万物的底蕴，只是一种沸腾的野蛮强力，在懵懂的狂热旋风中，制造着伟大和渺小混杂的万物；如果什么也填不满的无底、虚无，就隐藏在事物的下面，那么人生除了绝望，又能怎么样呢？"这声呼喊不足以叫住荒诞人。探求真实的东西，并不是寻求渴望的东西。"人生又能怎么样呢？"如果为了摆脱这个惶恐的问题，就得像驴子那样用幻想的玫瑰花填饱肚子的话，那么荒诞精神则不然，不肯满足于虚幻，毫不颤抖地宁愿接受克尔凯郭尔的回答："绝望。"经过全面考虑，一颗坚定不移的灵魂，总能够闯出一条路来。

我在本文冒昧地把哲学式自杀称为存在的态度。不过，这并不表明是一种判断，只是便宜行事，指认一种思想的运行：这种思想通过如此运行来自我否定，并在否定它的论断中再行自我超越。对于存在哲学家们来说，否定，就是他们的上帝。而这个上帝，恰恰通过否定人的理性才得以确立。[①]然而，诸神也同自杀一样，要随着人而变化。

---

① 再次说明：这是逻辑推理，而非质疑肯定上帝的观点。——作者原注

有好多种方式跳空，关键就在于那么一跳。

这些否定救世的思想，这些还未跳过就否认障碍的终极矛盾，既可以产生于（这是这种推理所针对的悖论）某种宗教的启示，也可以产生于理性的范畴，而且始终不渝地追求永恒，仅仅凭借这一点才实现跳跃。

还必须指出，本论著进行的论证，全然不顾我们明智时代流行最广的精神形态；这种精神形态所依据的原则，就是一切都讲理性，都旨在解释世界。既然大家都认为，世界就应该明明白白，那么自然而然要给一个明白的说法。这甚至是合情合理的，但是本文进行的论证对此并无兴趣。我们论证的目的，其实就是要阐明精神的行程，如何从世界无意义的一种哲学出发，最终为世界找到一种意义和一种深度。这些步骤最牵动人心的一步，则具有宗教的本质，是在非理性主题中得以彰显出来的。不过，最反常、最引人深思的一步，正是当初想象一个毫无主导原则的世界，现在却赋予它响当当的理由。不管怎样，这次新获得的恋世思想，如果不给它一个概念的话，那就很难论述我们感兴趣的后果了。

以下我只考量"意向"，这个主题是借胡塞尔和现象学家们之力时髦起来的，此前已见端倪。首先，胡塞尔的方法否定理性的传统论证。我们重复一遍，思想，不是一统天下，不是让表象以大原则的面目变得家喻户晓。思想，就是重新学会观察，就是引导自己的意识，将每个形象都变成一块福地。换言之，现象学不肯解释世界，只想成为过来人的一种描述。现象学最初断言根本没有真理，只有一些真相。从晚风一直到放在我肩上的这只手。每个事物各有其道理。正是意识关注事物，才阐明了其道理。意识不去构成认识的对象，只是凝神专注，是一种注意观察的行为，借用柏格森①的一个形象来说，就像一架投影机，突然打出一束光，投在一个形象上。差别就在于没有电影脚本，只是连续而不连贯的画面。在这盏神灯的光照中，所有形象都是优选的。意识在体验中，让他注意的对象处于悬浮状态，并且通过神奇效果，将其孤立起来。从这一刻起，这些物体就脱离所有判断了，正是这"意向"标示意识的特征。但是，这个词丝毫也不包含终极的概念，这里直取"方向"的含义，仅仅具有地形学上的价值。

乍一看，这其中似乎没有任何东西在反驳荒诞精神。思想仅限于描述而不解释世界的这种表面的谦虚、经验的极大丰富和世界在烦琐中再生，所反常而自愿遵循的这种戒律，这些全是荒诞的步骤。至少粗略看来是如此。因为，无论是在这种情况还是在别种情况下，思想方法总呈现两副面孔：一副心理面孔，另一副形而上面孔②，从而揭示

---

① 参看柏格森（法国哲学家，1859—1941）《物质与记忆》第一章。——原编者注

② 甚至最严格的认识论，也都以形而上为前提，这种情况到了无以复加的程度，当代大部分思想家的形而上学，就只有一种认识论了。——作者原注

了两种真理。意向性的主题，如果只想阐明一种心理状态，并且通过心理状态耗尽而不是解释现实的话，那么的确，就没有什么将现实和荒诞精神分开了。这个主题旨在计数它不能超验的事物，只想申明在根本没有统一的原则情况下，思想还是能够自得其乐，描述并理解经验的每一副面孔。因此，这里涉及的每张面孔的真理，就属于心理范畴了。这种真理仅仅证明现实显示出的"意义"。这是一种方法，用以唤醒一个麻木的世界，并使之精神振奋起来。不过，这种真理的概念，如果有人想引申，并且合理地创立起来，如果有人以此断言，发现了每种认识对象的"本质"，那就是将深刻性归还给了经验。在一个具有荒诞精神的人看来，这是不可思议的。然而，正是从谦虚向自信的这种摆移，在意向形态中十分明显，而现象学思想的迷幻闪光，比任何别的东西都能更好地表明荒诞论证。

因为，胡塞尔也谈论意向所揭示的"超时间本质"，让人以为听到了柏拉图的声音。不是用一种事物解释所有事物，而是用所有事物解释所有事物。我看不出这有什么差异。这些理念或者这些本质，固然是意识每次描述之后"推出来"的，作者还不想使之成为完美的模式，但是肯定它们直接出现在认知的各种材料中。再也没有唯一能解释一切的理念了，只有赋予无限对象以一种意义的无限本质。世界静止不动了，可是也明晰了。柏拉图的现实主义变为直观直觉了，但总归还是现实主义。克尔凯郭尔陷入了他那上帝的深渊，巴门尼德则将思想推入单一中。而在这里，思想又投入一种抽象的多神论里。更有甚者，幻觉和虚构也成为"超时间本质"的一部分。在理念的新世界里，希腊神话中怪物半人半马族群，可以同更为平凡的大主教族群合作共事了。

荒诞人则认为，在这种世界所有面孔都是优选的纯心理见解中，同时有一种真理和一种酸楚。一切都是优选，就等于说一切都半斤八两。这种真理的形而上表象把荒诞人引得太远，出于起码的反应，就感到也许更靠近柏拉图了。不错，就是有人教导他说，任何形象都意味着同样优选的本质。在这不分等级的理想世界中，形式上的军队只由将军组成。毫无疑问，超验性早已被取消了。然而，思想的一个急转弯，又将一种残缺的内在性引进这个世界，而这种内在性便恢复了宇宙的深度。

这一主题，创作者们处理得更为谨慎，而我在论述中，该不该担心走得太远呢？我只需读读胡塞尔的这些论断，表面看来是悖论，但是感觉得出逻辑严谨，如果接受前面论述的话——"是真实的，本身就绝对真实；真理是单一的，与其本身相吻合，不管感知者是什么生灵，无论人、怪物、天使还是神仙"①，至尊的理性大获全胜，通过这种声音四处传扬，这一点我不否认。可是，他这种断言，

---

① 语出胡塞尔《逻辑研究》第一卷。

在荒诞世界中究竟意味什么呢？一位天使或一尊神的感知，对我并没有意义。神的理性核准我的理性，在这么精确的场所，我永远也理解不了。我看出，这又是一次跳空，虽然是在抽象中进行的，但是对我来说，这跳空仍然意味着忘掉我恰恰不愿忘掉的方面。胡塞尔在下文又高调写道："受地心引力作用的所有物体即使全部消失，引力的法则也并不会因此而遭损，只是闲置起来，不可能应用了。"①我知道了，我面对的乃是一种慰藉的形而上学。我若是想发现思想离开明显事实的拐弯处，只需重读胡塞尔论述精神时所进行的这种平行的论证："精神程序的确切法则，如果我们能清晰地观照的话，就同样能显示其永恒不变性，一如理论自然科学的基本法则。可见，即使毫无精神程序，这些法则也照样有效。"②即使精神不存在了，精神法则还存留！于是我恍然大悟，胡塞尔要将一种心理真实，生硬地变成一条理性准则：他否认人类理性的容纳能力之后，却这样腾挪一跳，便进入至尊的永恒理性。

这样一来，胡塞尔的"具体宇宙"的主题，就不足以让我惊诧了。对我说并非所有本质都是形式的，但有些是物质的，前者是逻辑的对象，后者是科学的对象，这样讲仅仅是个定义的问题。有人明确对我说，抽象仅仅指明一个具体宇宙本身并不稳定的一部分。可是，已经显露的摆

---

① 语出胡塞尔《逻辑研究》第一卷。
② 同上。

移倒能让我澄清这些含混的术语。因为，这可以表明我注意的具体对象，这天空、映在这件大衣襟上的水影，只为自身保留了现实的魅力，由我的兴趣从世界中分离出来。这我并不否认。可是，这也同样表明，这件大衣本身自成宇宙，有其充分而特殊的本质，还是属于形式世界。于是我明白了，它们仅仅调换了程序的先后。这个世界在上天再也没有映象了，但是形式的天空却跻身于大地万象中了。对我来说，这丝毫也没有改变什么。我在这里找见的，绝非那种对具体的喜好、人生状况的意义，而是一种智力主义，相当有恃无恐，要将他自身的具体普遍化。

这种表面的反常现象，大可不必诧为奇事，无非是通过屈辱的理性和张扬的理性相反两条路，将思想引向自我否定。从胡塞尔的抽象上帝，到克尔凯郭尔的闪亮上帝，距离并没有那么大。理性和非理性殊途同归，达到同样的说教。这表明什么路，其实并不重要，有一往无前的意志，便什么都能达到。抽象哲学家和宗教哲学家，出发时都同样慌不择路，在同样的惶恐状态中相互支持，但是，关键还在于如何解释。在这里，怀恋比科学力量强大。意味深长的是，当代思想最相信一种主张世界无意义的哲学，同时又在这种哲学的结论中最受折磨。当代思想不断地摇来摆去，一边是现实的极端理性化，势欲将现实拆分成理性形式，另一边则是现实的极端非理性化，势欲将现实神化。

不过，这种分离只是表面现象。问题在于相互和解，双方都好办，一个跳跃就行了。一直有个错误的认识，以为理性的概念是单向的。其实，理性的概念不管多么雄心勃勃、不可一世，在灵活机动方面，也并不亚于别的概念。理性有一副十足的人面，可也善于转向神明。普罗提诺①率先将理性同永恒的氛围协调一致，从那以后，理性就学会了摆脱它最珍视的原则——矛盾，以便采纳最奇特的原则，即十分神奇的参与原则。②理性成为思想的工具，而非思想本身了。一个人的思想，首先就是恋世。

　　理性安抚了普罗提诺式忧郁，也同样给予现代焦虑以手段，在永恒的熟悉的背景环境中平静下来。荒诞精神运气就差些了。对荒诞精神而言，世界既不那么合理，也不那么非理性。世界是不可理喻的，也只能这么说。到了胡塞尔那里，终于打破了界限。反之，荒诞则确定其界限，只因理性无力平息它的焦虑。另一方面，克尔凯郭尔断定，只用一种界限就足以否定理性。但是，荒诞走不了那么远。克尔凯郭尔认为，这种界限仅仅针对理性膨胀的野心。非

---

① 普罗提诺（约205—270），生于埃及，亚历山大学派哲学家，他的新柏拉图主义哲学对教父哲学影响很大。

② A.当时，理性要么权变适应，要么死去。理性适应了。有了普罗提诺，理性就从逻辑变为美学。比喻取代了三段论。

B.况且，这不是普罗提诺对现象学的唯一贡献。这种形态，已经完全包含在这位亚历山大学派思想家十分珍视的观念中了，因而这不仅是一种世人的观念，也是一种苏格拉底的观念了。——作者原注

理性主题，正如存在哲学家们所设立的那样，就是陷入混乱的理性，自我解脱而又自我否定的理性。荒诞，则是清醒的理性，确认自己的局限。

荒诞人在这条艰难的路上走到尽头，认出了自己真正的道理。比较他深度的要求和别人向他建议的情况，他蓦然感到自己该转身了。在胡塞尔的宇宙中，世界清晰起来，人耿耿于怀的对熟知事物的眷恋，也就变得无用了。克尔凯郭尔在论末世的作品中，如果想得到满意的结果，他就不得不放弃这种明晰的渴求。罪孽主要不在于认知（照这么说，人人都是无辜的），而在于求知。这恰恰是荒诞人感到既能转为自己有罪，又能化作自己无辜的唯一罪孽。有人向他建议这样一种结局：过去所有矛盾都不过是论战游戏罢了。然而，荒诞人当初遭遇种种矛盾，并不是这种感觉。必须保存矛盾根本没有得以完满解决的真相。荒诞人不要听说教。

我的论证受明显事实的启发，就要忠实于明显的事实。这种明显的事实，就是荒诞。就是渴望的精神和令人失望的世界之间的分裂，就是我对一致性的怀恋，就是这个四分五裂的宇宙，就是把这一切连接起来的矛盾。克尔凯郭尔取消了我这种怀恋，而胡塞尔重又收拾起这个破碎的宇宙。这并不是我所期待的。问题在于同这种撕裂一起生活和思考，在于弄清楚应当接受还是拒绝。问题不可能是要掩饰明显的事实，要否定荒诞方程式中的一项，从而就取消荒诞。必须弄明白人能否活在荒诞中，逻辑是否要求人因荒诞而死。我感兴趣的不是哲学是自杀，是真正的自杀。我只想清理掉自杀的情感因素，了解自杀的逻辑及其诚实性。对荒诞精神来说，采取任何别种态度都意味着回避，意味着精神面对自己揭示的情景退却了。胡塞尔谈到要顺从摆脱积习的渴望，摆脱"在已经熟知的、方便的条件下生活与思考的旧习"，但是在他的作品中，最终一跳就为我们恢复了永恒和安逸。这一跳，并不像克尔凯郭尔所希望的那样，会有极大的危险。正相反，危险却在纵身之前的那个微妙瞬间。在那炫目的山脊上力求站稳①，这便是诚实性，其余的全是托词。我也同样知晓，无能为力所引起的和谐，从来没有像在克尔凯郭尔作品中那样动人。不过，在与历史无关的景物中，如果也有无能为力的位置的话，那么现在知道论证要求很严，在这样一种论证中，无能为力就难以找到自己的位置了。

———————

① 参看胡塞尔《笛卡尔的沉思》引言部分。——原编者注

荒诞的自由

现在，主要之点已定。我掌握着一些明显事实不能放手。我所知道的，确定无疑的，我不能否认的，我也不能丢弃，这就是主要的。我赖以不确定的怀恋为生的那部分自我，我可以完全否定，只保留这种对统一性的渴求、这种解决问题的欲望、这种对明晰和逻辑缜密的苛求。在这个包围我、撞击并裹挟我的世界里，我可以摈斥一切，但是除开这种混沌、这种天缘凑巧、这种产生于混乱的神的等次，我不知道这个世界是否有一种超越它的意义，但是知道我不了解，目前我也不可能了解这种意义。在我的生活状况之外的意义，对我又有什么意义呢？只有通过人的话语，我才能够理解。我触摸到的，对我产生反抗力的，这些我都能理解。而这两种确定无疑的状况——我对绝对和统一性的渴求，以及这个世界在一项理性的、合理的原则上不可复归性，我也知道我无法调和这两者。如果不说谎，如果不塞进我没有的、在我有限的生存条件中毫无意义的希望，我还能找出别的什么真理呢？

假如我是林木中的一棵树、动物中的一只猫，那种生活也许有某种意义，抑或说，根本就不存在这个问题，因为我属于这个世界。也许我就是这个世界，现在却对立起来，我要表现自己的全部意识，表现对熟识事物的全部要求。不管多么可笑，也正是这种理由将我置于世间万物的对立面。我不能将这种理由一笔勾销。我认为是真实的东西，就必须牢牢把握住。在我看来特别明显的事物，即使与我相左，我也应该支持。这种冲突的根底，世界和我的思想之间的这种断裂的根底，如果不是我有所反应的意识，那又该是什么呢？如果说我想把持住，那也得依赖一种始终持续的、不断更新的、一直紧绷的意识。这就是当下我必须牢牢记住的。荒诞，这时候既十分明显，又特别难以降伏，它又回到一个人的生活中，重又找到自己的家园。还是这时候，精神可以离开人清醒努力之路，而这条干旱的不毛之路，现在通进了日常生活，又重游无名氏的世界；然而，人也回到这个世界，从此却随身携带着反抗之心和洞察之力。人曾经沦陷，不再抱有希望。这座现实的地狱，终于成为人的王国。所有问题，重又锋芒毕露。抽象的明显事实，面对形势和色彩的抒情退却了。精神的冲突，都具象表现出来，重又在人心找到既可悲又荒唐的庇护所。什么冲突都没有解决，可是又全部改观了。人要死去吗？要纵身一跳逃脱吗？要按照自身的尺度再造一座思想和形

式的房子吗？还是正相反，把赌注下到荒诞上，进行一场
揪心的豪赌呢？在这方面，我们要最后努力一下，得出我
们的全部后果。躯体、温情、创造、行动、人的高尚情怀，
在这无厘头的世界中，又将各就各位了。人在这世上，又终
将尝到荒诞的美酒和冷漠的面包：人正是以此滋养自身的
伟大。

　　我们还应强调方法。贵在坚持。荒诞人走到途中的某
个阶段，就要受到诱惑。历史即使没有神灵，也不乏宗教
和先知。有人要荒诞人纵身一跳。荒诞人所能回答的，无
非是他不大理解，事情并不一目了然，而他恰恰只想做他
完全理解的事。别人却明白告诉他，这样高傲是罪过；可
是他不懂这种罪过的概念；还告诉他地狱也许就在尽头，
可是他没有丰富的想象力，描绘不出这种怪异的前途是什
么景象；还告诉他要丧失永生，可是他觉得永生毫无意义。
有人想让他承认他有罪，他却感到自己是清白的。老实说，
他只有这种感觉：他的清白是无法弥补的。正因为清白，
他才敢作敢为。因此，他对自身的要求，就是同他了解的
事物一起生活，处理好存在的事物，绝不让不确定的东西
掺和进来。别人回答他说，什么也不能确定。可是，至少
这一点是确定的。那他就同这种确定打交道：他要弄清楚，
能否义无反顾地生活。

现在，我可以谈谈自杀的概念了。有人已经感觉到可能给它什么答案。在这一点上，问题颠倒了。谈自杀之前，先得了解，人生是否有意义，是否值得一过。在这里似乎正相反：人生正因为没有意义，就更值得一过。人生经历一种体验，遭遇一种命运，就是完全接受。然而，知道这命运是荒诞的，人就不会去经历了，除非自己千方百计，要把意识认清的这种荒诞保持在面前。否定荒诞赖以生存的对立项中的一项，就是逃避荒诞。取缔有意识的反抗，也就是回避问题，持续革命的主题，就这样转移到个人体验中了。生存，就是让荒诞随之生存。让荒诞生存，首先就是正视荒诞。同欧律狄刻①相反，荒诞只有当人背离它时才会死去。因此，唯一的前后一致的哲学立场之一，就是反抗。反抗，就是人同自己的茫然不解永恒地对抗。反抗的要求，是一种不可能达到的透明。反抗，即时时刻刻都质疑世界。危险向人提供抓住反抗的不可替代的时机，同样，形而上的反抗也把意识贯穿于经验的始终。反抗，就是人时时刻刻面对自身。反抗不是憧憬，反抗不抱希望。这种反抗，仅仅是确认一种不可抗拒的命运，但是缺少本应伴随这种确认的听天由命。

---

① 希腊神话传说：色雷斯的诗人和歌手俄耳甫斯去阴间，寻找死去的妻子欧律狄刻，用琴声打动了冥后珀耳塞福涅。冥后答应放欧律狄刻回人间，但是有个条件，途中不准回头看他妻子。俄耳甫斯快走到地面时，想看看妻子是否跟在身后，结果欧律狄刻又消失了。本文荒诞与欧律狄刻相反，正视才存在。

也正是在这里，能看到荒诞的经验远离自杀到何等程度。可能有人以为，自杀紧随着反抗。其实不然。因为，自杀并不表明反抗的逻辑结局。自杀因意味着首肯，恰恰同反抗背道而驰。自杀同跳跃一样，接受了自己的局限性。真是尽善尽美，人又回归其本质的历史。人看清了未来，可怕的唯一未来，并且直奔而去。

自杀以其方式解决了荒诞，将荒诞拖进同样的死亡。然而我知道，荒诞虽然保持状态，却不可能得到解决。荒诞在同时意识到并拒绝死亡的情况下，就逃脱了自杀。荒诞在死囚最后思想的极端，正是那根鞋带，他就站在令人眩晕的沉沦的边缘，却不顾一切，只瞧见几米远的那根鞋带。自杀者的反面，恰恰是那个死刑犯。

这种反抗将自身的价值给予人生。反抗贯穿人生的始末，恢复了生存的伟大。在一个视野开阔的人看来，努力同超越他的现实搏斗的情景，比什么景象都更为壮观。① 人类自豪的景观，是无与伦比的，任何贬损都奈何不得。精神给自己规定的这种戒律，经过千锤百炼的这种意志，这种直面相对，总有某种强大而奇异的东西。非人性造就人的伟大，消减这种现实，就是人自身贫乏。于是我明白

---

① 参看塞涅卡《论天命》（又译《论神意》）第二章第七节。塞涅卡（约公元前4—公元65），古罗马哲学家、悲剧作家、政治家，公元1世纪罗马学术界的领袖人物。公元50年任罗马执政官，组成权力集团，还担任皇储尼禄的教师。余年著述颇丰，传世的有《安慰》《论智者不惑》《论宽恕》《论道德》等。

了：那些学说向我解释一切的同时，为什么又让我衰弱了。那些学说从我身上卸下生活的重负，而这本应由我一力承担。在这转折点上，我不能设想一种形而上的怀疑论，会与一种弃世的道德结为同盟。

意识和反抗，这类拒绝与弃世背道而驰。人心中一切难以克制的、激情澎湃的力量，无不激励意识和反抗同他的生活较劲，死也不会和解，也绝不会甘愿自杀。自杀就是一种无知。荒诞人只能穷尽一切，并且耗尽自己。荒诞就是他的极度紧张，一种独自努力而不断保持的紧张状态，因为他知道，在这种日复一日的意识和反抗中，他证明着他的唯一真理，即挑战。这就是头一个后果。

如果我坚持这种深思熟虑的立场，由一种显见的概念引出所有后果（仅仅是后果），那么我又面临第二个反常现象。我若是固守这种方法，那就是跟形而上的自由问题沾不上边儿了。我没有兴趣了解人是否自由，只能体验本身的自由，据此也就得不出一般概念，只有几点明确的想法。"自在自由"的问题并无意义，因为这个问题以完全不同的方式连接上帝的问题。要了解人是否自由，就势必要了解人是否有个主人。这个问题的特殊荒诞性是概念本身造成的：概念使自由的问题成为可能的同时，又抽掉了自由的全部意义。须知面对上帝，邪恶的问题远胜过自由的问题。大家知道这种抉择：要么我们不是自由的，从而万能的上帝就为邪恶负责；要么我们是自由的，并负有责任，从而上帝就不是万能的了。历来各个学派的精妙论著，对这种悖论的不容置辩性，既没有增添，也没有缩减一丝一毫。

正因为如此，我不能激扬或者简单下定义，在概念中打转，而一种概念从超出我个人的经验那一刻起，就逃脱我的掌握，也丧失其意义了。我不能理解一个高级的生灵给予我的自由，会是什么玩意儿。我已经丧失了等级观念。我所能有的自由，只好设想囚徒，或者国家中的现代个人。我唯一熟识的自由，就是思想和行为的自由。如果说荒诞完全打消了我获取永恒自由的可能性，它反而还给我，并激发我的行动自由。剥夺了希望和未来，倒意味着增加了人的不受约束性。

平常的人碰到荒诞之前，生活还有些目的，思虑未来，总想证实什么（至于什么人或什么事，倒也无所谓）。他在估量自己的时机，指望以后如何如何，指望退休生活或子女工作。他还相信自己的生活能有起色。他的所作所为，还真像个自由人，即使所有事实都争相驳斥这种自由。碰到荒诞之后，什么都动摇了。"我在"的这种想法、我这种仿佛什么都有意义的做法（即使有机会我就讲什么都没意义），除了一种可能死亡的荒诞性，这一切就忽然倒塌了。考虑来日，确定个目标，有所偏好，这一切表明还相信有自由，即使有时候着实感觉不到。在这种时候，我就完全知道，唯独能创立真理的那种"存在"的自由，那种超人的自由，根本不存在。死亡赫然在目，宛若唯一的是现实。人一死，什么都完结了。我同样没有永生的自由，而是奴隶，尤其是不肯求助于藐视的态度，无望永恒革命的奴隶。而谁能不革命、不持藐视的态度、始终当奴隶呢？没有永恒做保障，能存在什么充分意义的自由呢？

不过，与此同时，荒诞人也明白，迄今为止，他一直与自由的公设联系在一起，而这公设却是建立在他赖以生存的幻想之上。从某种意义上看，这成为他的羁绊。在他想象出一种生活目的的情况下，他还是投合了一种能达到的目标的要求，因而变成他那自由的奴隶。这样，我别无他法，就只能准备成为家长（或者工程师，或者民众的领导者，或者邮电局的临时雇员）。我以为自己能选择成为什么样子，而不是另一种样子。不错，我是下意识这样认为的。但是与此同时，我却坚持这种公设，认同我周围的人相信的事，认同我的人文环境的偏见（其他人那么确信是自由的，而那种开朗情绪又那么具有感染力）。对任何道德的或社会的偏见，不管能保持多远的距离，总要受到一部分影响，甚至还调整自己的生活，去适应其中优质的成见（成见亦有好坏之分）。荒诞人就这样明白了，他并不真的自由了。明确说来，我抱有希望，关注我特有的一种真相，关注生存和创作的方式。总之，我安排自己的生活，从而证明我能接受生活有意义，在这种情况下，我却自设藩篱，限制了自己的生活。我的所作所为，无异于许许多多精神

上和心灵上的公务员：他们只能引起我的厌恶，而现在我
也看清楚了，他们没干别的什么，只是把人的自由当一
回事。

　　荒诞是在这一点上启迪了我：人没有未来。从今往后，
这就是我的深度自由的原由。我这里要做两种对比。首先
是神秘主义者，他们发现一种可以拿来己用的自由，自由
地沉溺于他们的神祇，自由地遵奉神的戒律，他们也就秘
密地获得了自由。他们是在自发同意的奴隶状态中获取一
种深度的独立。然而，这种自由意味什么呢？尤其可以这
么说，他们面对自身，"感到"自己自由了，但又不那么自
由，特别不像获得解放那样。同样，荒诞人完全转向死亡
（这里取极明显的荒诞性之意），便感到如释重负，只余凝
结在他身上的这种热切的关注，可以无所顾忌了。他体味
到一种超越通行规则的自由。从这里可以看到，存在哲学
的立题，保存了全部主题的价值。回归意识，逃脱日常的
沉睡，这具体表明了荒诞的自由最初的活动。不过，受到
诟病的是存在哲学的说教，以及伴随说教的这种精神跳跃，
其实就是逃脱意识。同样方式（这是我的第二种比较），古
代的奴隶不属于自己，但是他们体验到这种自由，即毫无
责任感。①死亡也一样，那双手握有生杀大权，既可将人
置于死地，又可使人解脱。

---

① 　这里指的是一种事实比较，而非赞赏屈辱。荒诞人乃是迁就生活之人的反
　　面。——作者原注

深深坠入这种无底的确信中，自己的生活从此相当陌生了，没有情人那种近视目光，不再用心扩展生活，走完人生旅程，其中就有一种解放的原则。如同任何行动的自由，这种新的独立性也终结了，开不出永恒的支票，但是替代了"自由"的幻想，而这些幻想随着死亡也一起止步。一天凌晨，死囚面对打开的重重牢门，他的神圣的不可约束性，除了生命的纯粹火焰，一切都置之度外的这种难以置信的超脱以及死亡和荒诞。我们感觉得出来，在这里正是唯一合乎情理的自由原则：人心能体会和经历的自由。这是第二种后果。荒诞人从中隐约看见一个火热而冰冷、透明而有限的一洞天地：里面一切都已定型，再也没有什么可为了，而过了这洞天地，就是天塌地陷和虚无了。到这时候，荒诞人就可以决定接受在这洞天地里生存，从中汲取自己的力量，汲取不抱希望的态度，以及没有慰藉的生活执着的见证。

在这样的天地里生活，又意味什么呢？目前也无非是对未来的冷漠，以及耗尽现有一切的那股激情。相信生活有意义，总表明一种价值差异、一种选择、我们的各种偏好。相信荒诞，根据我们的定义，则是相反的教导。而且这值得一谈。

了解人能否义无反顾地生活，我只对这一点感兴趣，丝毫也不想离开这个话题。规定给我的生活的这副面孔，我适应得了吗？这样，面对这种特殊的思虑，相信荒诞，又等于用经验的数量取代经验的质量。假如我确信这种生活只有荒诞这一张面孔，假如我体会出生活的平衡，完全取决于我有意识的反抗与生活挣扎的晦暗这种永恒的对立，假如我承认我的自由，只是与其有限的命运相关联时才有意义，那么我就应该说，重要的不是生活质量最高，而是生活多多益善。我无须探究这样是庸俗还是令人作呕，是漂亮还是令人遗憾。在这里，价值判断彻底排除了，只以事实来判断了。我只需从我亲眼所见得出的结论，绝不盲目提出任何假设的东西。假使这样生活不够诚实，那么真正的诚实又会要求我不必诚实。

生活多多益善。从广义上讲，这条生活准则毫无意义，必须解释清楚。首先，对数量的概念，似乎挖掘得还不够。只因数量的概念能体现人类经验的一大部分。一个人的道德、他的价值等次，只有统观他积累的经验的数量和种类才有意义。然而，现代生活条件将同样数量的经验，也就是同样深刻的经验，强加给了绝大部分人。自不待言，还必须考量个人自发的投入，即他身上特定的成分。不过，对此我不能判断，再说一遍，我在本文的规则，就是理清直接的明显事实。我这才看出，一种共同道德的特点，主要不是寓于激励道德的那些原则的理想重要性中，而是寓于可以归类的一种经验的标准里。说得牵强一点儿，古希腊人自有他们娱乐的道德，正如我们实行八小时工作制的道德。不过，已经有许多人，包括境况最悲惨的人，让我们预感到一种漫长的经验，就能改变这份价值表。他们让我们联想到，日常生活就像个冒险家，仅仅靠经验的数量就能打破所有纪录（我特意采用这个体育术语），从而赢得自家的道德。①我们还是抛开浪漫主义的论述，只求这种态度，对一个决意打赌，严格遵守他认可的规则的人来说，究竟意味着什么。

打破所有纪录，这首先而且仅仅表明，尽可能地直面世界。不闹矛盾，不搞文字游戏，这怎么能办得到呢？因为，荒诞一方面强调所有经验都是无所谓的；另一方面又敦促人经验愈多益善。既然如此，又怎么能不像上述大多数人那样，选择这种人文尽可能给我们带来的生活方式，从而引进本打算摈弃的一种价值等次呢？

然而，还是荒诞及其矛盾的生活能给我们教益。因为，谬误在于认为经验的数量取决于我们的生活环境，其实仅仅取决于我们本身。这里不妨简而言之。有两个人，寿命相同，世界也总是提供等量的经验。这要看我们的意识如何了。感受自己的生活、自己的反抗、自己的自由，而且多多益善，这就是生活。在清醒主宰的地方，价值等次就

---

① 数量有时产生质量。如果我相信科学理论的最新成果，任何物质都是由一些能量中心构成的。能量中心数量多寡，也就形成或多或少的物质的特殊性。十亿离子同一个离子的差异，不仅在数量上，而且也在质量上。在人类经验中很容易找到类似情况。——作者原注

失去效用了。再简单一些，说到唯一的障碍，唯一"错过赌赢的机会"，就是由早夭构成的。我们在这里提出的天地，只因与死亡这个恒定的例外相对立，才得以生存。因此，任何深度、任何感动、任何激情、任何牺牲，在荒诞人看来（即使他期望也不成），也不可能使四十年有意识的生活，等同于持续六十年的清醒。[①]疯狂和死亡，这是荒诞人无可挽回的事情。人并不选择。荒诞及其包含的生活的增量，"也不取决于人的意志"，而是人的反面，即死亡。[②]仔细掂量掂量的话，这里只关系到一个机会的问题。一定得择机而行。二十年的生活和经验，永远是无可替代的。

希腊人如此老练的民族，也有一种离谱的轻率，竟然认为年轻人早夭必是受到神的宠爱。果真如此的话，那就只能承认，进入诸神的可笑世界，就等于永远丧失最纯洁的快乐，即感受在人世的快乐。在一颗始终保持意识的灵魂面前，当下和一系列当下，这才是荒诞人的理想。但是，这里所说的"理想"一词，还保持一种假声调。甚至谈不上他的使命，而仅仅是他的推理的第三种后果。关于荒诞

---

① 同样思考虚无观这样一个差异很大的概念，丝毫也不增减真实的成分。在虚无的心理经验中，正是考虑两千年以后会发生的事，我们自己的虚无才真正有了意义。虚无从某一方面看，恰恰是由不会是我们当下生活的未来生活的总和构成的。——作者原注

② 意志在这里只是代理者：它倾向于维系意识，它还提供一种生活自律，这是值得赞赏的。——作者原注

的思索，从一种非人性的惶恐的意识出发，就在人反抗的激情烈焰中行进，又回到了终点。①

综上所述，我从荒诞得出三种后果，即我的反抗、我的自由和我的激情。我仅凭意识的手段，就把邀人死亡的观念变为生活的准则——而且我也拒绝自杀。我当然熟悉隐隐的回声，贯穿这些岁月。但是，我只想讲一句话：因为这是必不可少的。尼采就这样写道："显而易见，天和地的大趋势，就是长期的顺应同一个方向：久而久之，便产生了某种东西，值得在这片大地上生活，诸如美德、艺术、音乐、舞蹈、理性、精神，就是某种移风易俗的东西，某种高雅的、疯狂的或者神圣的东西。"②这段话说明一种气度恢宏的道德准则，但是也指出了荒诞人的道路。顺应火热的激情，这最容易同时又最难。不过，人同困难较量，有时也好评价自己，这事儿唯独自己能办得到。

阿兰③说道："祈祷，就是黑夜光顾思想。"神秘主义者和存在哲学家则回答："然而，思想必须会合黑夜。"诚

---

① 重要的是前后一致。这里的出发点，是与世界达成的共识。东方思想则教导说，选择与世界对立，也可以进行同样的逻辑思辨。这也合乎情理，并给本论著指定前景与局限。但是，同时一丝不苟地否定世界的时候，往往能得出与吠檀多一些学派（古印度哲学学派）类似的结果，譬如事业上的冷漠性。让·格勒尼埃在一本重要著作《抉择》中，以这种方式创建了一个真正的"冷漠哲学"。——作者原注

② 引自尼采《超乎善恶》。

③ 阿兰（1863—1951），法国著名哲学家、作家。

然如此，那也不是合上眼睛，仅凭人的意志产生的黑夜——不是那种精神幻生而欲迷失其中的黝暗闭合之夜。如果思想必定遇合一夜，那也应当是保持清醒的绝望之夜，应当是极地之夜，精神的不眠之夜。夜色中也许会升起那种纯净的白光，在智慧的光亮中显出每个物体的轮廓。到了这种境界，等值就遇合激情的理解了。甚至无须再提评价存在中的跳跃问题了。思想在人类形态的古老画卷中，就重获自己的地位了。在旁观者看来，这一跳跃，即便有意为之，仍然是荒诞的。思想自以为解决了这种悖论，反而使之完全恢复原状了。照此情由，思想是动人心弦的。照此情由，一切都复归原位，荒诞世界也重生，尽显其壮丽辉煌和纷繁多样。

然而，中途停顿就糟糕了，很难满足于一种观察方式，也很难满足于自废矛盾——矛盾，也许是所有精神形态中最精微奥妙的形态。以上所述，只为明确一种思想方法。现在，就该生活了。

荒诞人

假如斯塔夫罗金信教，那他也不相信他信教。

假如他不信教，那他也不相信他不信教。

——《群魔》①

　　歌德说："我的地盘，就是我的时间。"这真是荒诞的警语。荒诞人究竟是什么呢？就是毫不否认，不为永恒做任何事的人。并不是说怀旧对他是陌生之物，但是他偏爱自己的勇气和自己的推理。勇气教他义无反顾地生活，满足于现有的东西；推理则让他明白自己的局限。他确认了自己有期限的自由、没有前途的反抗以及会消亡的意识，便在他活着期间继续他的冒险。这就是他的地盘，这就是他的行动，排除一切判断，只保留自主判断的行动。对他而言，一种更加伟大的生活，并不意味着另一种生活。否则就不诚实了。我在这里甚至不提称之为后世的那种可笑

---

① 参看陀思妥耶夫斯基《群魔》第二部第六章。加缪将这部长篇小说改编成剧本，可见他对这部作品的激赏。

的永恒。罗兰夫人①寄希望于永恒。如此失慎得到了教训。后世倒乐得引用这个词，但是忽略了加以判断。罗兰夫人与后世漠不相关。

也不可能论述什么道德问题。我见过一些人极讲道德而行为不端，我也天天能观察到，为人诚实并不需要准则。只有一种道德，荒诞人能认可，那就是不离开上帝的道德，即自律的道德。然而，荒诞人恰恰生活在这个上帝的治外。至于其他道德（也包括非道德主义），荒诞人从中只看出申辩，而他没有什么要辩白的。这里我以他的无辜原则为出发点。

这种无辜十分骇人。"可以为所欲为"，伊凡·卡拉马佐夫嚷道。这同样有荒诞的味道。但条件是不要庸俗地理解。我不知道是否有人看出门道：那不是一声解脱的欢叫，而是一种酸楚的确认。确信有一个能赋予人生以意义的上帝，这种确信的诱惑力远远超过作恶而不受惩罚的能力。选择并不难，但是不存在选择，苦涩的滋味已经开始。荒诞不是大撒手，而是套牢。并不是什么行为荒诞都允许。为所欲为并不意味着毫无禁忌。荒诞只是将等值归还给种种行为的后果，荒诞并不指使人犯罪，那就太幼稚了，而是重现痛悔的徒劳无益。同样，假如所有的经验都是无所

---

① 罗兰夫人（1754—1793），法国大革命时吉伦特派的代表人物。雅各宾派掌权时将她逮捕。1793年11月8日，罗兰夫人连同一批吉伦特派活跃分子被革命法庭判处绞刑。

谓的，那么义务的经验也同别种经验一样合情合理。人可以出于任性而有美德。

　　一切道德的基石，就是后果能使一种行为正当或废止的观念。一个富有荒诞精神的人只是判断，这些后果应当心平气和地考量。他准备为此付出代价。换言之，在他看来，即便可能有责任者，却没有罪人。他顶多能同意利用过去的经验确定自己未来的行为。时间将激活时间，生活支持生活。在这个既局限又充满可能性的地盘上，他觉得除了清醒，他本身一切都是不可预测的。从这种无理性的状态中，能产生出什么准则呢？唯一可能有教益的真理，在他看来绝不是形式上的：这个真理在世人中间活泼泼地展开。荒诞人在推理的终端可能要寻找的，绝不是伦理的准则，而是人生的图景与气息。下面几个形象就属于人生的图景。这些形象接续荒诞推理，赋予推理以形态以及他们的热度。

　　一个事例不见得必是一个值得效仿的范例（如果可能放到荒诞世界里，就更应该如此），而这些图景也不是相应的典范，这种思想还有必要阐述吗？抛开其中必有的使命不谈，如果原本原样，从卢梭那里拿来人要爬行①，从尼采那里拿来正当地虐待母亲，那就惹人耻笑了。一位现代

———————————

① 伏尔泰在给卢梭的信中，谈到《论人类不平等的起源与基础》时这样写道："读您的作品时，真想用四脚走路。"

作者写道："固然应该荒诞，但是不要上当受骗。"①这里涉及的各种态度，只有考量其反面，才可能具有完全的意义。邮局的一名临时工和一位征服者，如果有相同的意识，那么两者就是平等的。在这方面，所有经验都不相干。经验有的助人，有的碍人。人若有意识便得助。否则的话，就无所谓了：一个人失败不要追究环境，而是怪他本人。

我仅仅选择这样一些人：他们一心要耗尽自身，或者我替他们意识到他们在耗尽自身，不会再往前推进了。眼下我只想谈一个世界，思想和人生都同样没有前途的世界。能促使人工作并忙活起来的一切，无不利用希望。唯一不说谎的思想，就是一种毫无结果的思想了。在荒诞世界里，一种概念或一个生命的价值，要以其贫乏的程度来衡量。

---

① 参看亨利·德·蒙泰朗（1895—1972）《无用的服务》。

唐璜主义

如果有爱就足够了，那事情就太简单了。人越爱，荒诞就越牢固。唐璜一个接着一个换女人，缺少的并不是爱。将他描述成一个追求完全爱情的幻想者，就未免可笑了。然而，因为他怀着同等冲动爱她们，每次都全身心投入，他才必须重复这种天赋、这种情爱的深化。从而每个女人都希望给他带去别的女人从未给过他的感受。每一次，她们都大错特错了，所谓得手，只是让他感到这样重复的必要性。其中一位女子嚷道："我终究给了你爱。"唐璜笑了，答道："终究？不，只是多了一次。"①对他这种态度，会有人感到奇怪吗？为什么爱得深切，就必须爱得少呢？

唐璜感伤吗？不大像。几乎不必引述他那些故事。那

① 参看普希金（1799—1837）剧作《雕像客人》（1830），又译为《唐璜》。1937年3月24日，在诗人不幸逝世100周年之际，加缪组织的劳工剧团搬演了这出戏，加缪扮演唐璜。

讪笑、那胜利者的放肆、那心跳，还有那做戏，都十分明
显而欢快。凡是健康的人都倾向于繁衍。唐璜也不例外。
再者说，忧伤的人有两个感伤的缘由：要么蒙昧无知，要
么抱有希望。唐璜全然知晓，也不抱希望。他让人联想到
那些艺人，他们了解自身的局限，也就从不超越，他们的
精神恰好处于这段不稳定的间歇，就怡然自得，拿出大师
的范儿。这就是天才：智力了解自己的边界。直到肉体死
亡的边界，唐璜却不识愁滋味。从他知道的那一刻起，他
便极声大笑，让人宽恕了一切。他抱定希望的时候，就伤
感不已。如今，他从这个女人的口中，重又发现唯一科学
且令人欣慰的苦涩味道。苦涩？也不尽然：这种不完美必
不可少，使得幸福更加易感！

　　试图在唐璜身上看到一个饱读传道书的人，那就是个
大骗局。因为在他看来，期望另一种生活，如果不是虚空
的话，那就没有什么虚空了。他为证明这一点，逆天行事
而游戏人生。沉溺于寻欢作乐而痛悔，这种虚弱无能的老
套路，跟唐璜就不搭界。对浮士德倒挺合适：他颇相信上
帝，因而把灵魂卖给了魔鬼。对于唐璜，事情就简单多了。
莫利纳①笔下的"骗子"，针对别人拿地狱发出的威胁，总
是这样回答："你给我个长期限吧！"身后之事无足挂齿。
善于活着的人，来日方长！浮士德要获取这个世界的财富：

---

① 莫利纳（1583—1648），西班牙剧作家，"骗子"系指他的喜剧《塞维勒的骗子》中的主要人物。剧中出现了唐璜的形象。

这个不幸者只要伸出手就行了。不善于愉悦灵魂就卖出去了。唐璜则相反，要求的是餍足。他离开一个女人，并不是绝对因为对她没有欲求了。美妇人总是那么秀色可餐。不过，他那是对另一个女人产生欲望，这不是一码事儿。

今世生活让他心满意足，失去了就比什么都糟糕。这个疯子才是个大智者。然而，抱着希望生活的人，却与这个世界格格不入，只因这个世界善良让位给了慷慨，柔情让位给了男性的沉默，同心同德让位给了孤独的勇气。人人都这么说："他就是个弱者，一个理想主义者，或者一个圣徒。"无论如何也得吞下这种屈辱的伟大。

听唐璜讲话，听到适用于所有女人的这句同样的话（或者看见这种贬低他所欣赏之物的会心一笑），大家都相当气愤。然而，对于追求欢乐数量的人，唯有效率才是硬道理。口令已经证明有效，何必还要复杂化呢？无论是男人还是女人，谁都不听口令，倒是听发出口令的声音。那些口令就是准则、约定俗成和礼貌。口令既已发出，最重要的就是如何执行。唐璜准备照办。他为什么要给自己提出一个道德问题呢？他并不像米洛兹①笔下的那个人物马纳拉似的，因渴望成为圣徒而甘下地狱。在他看来，地狱不过是人的一种教唆。对神灵的愤怒，他保持做人的尊严，

① 米洛兹（1877—1939），法国诗人、作者，立陶宛裔。他的剧作《米盖尔·马纳拉》（1913）塑造了一个孤独而痛苦的唐璜形象。

仅仅回答这么一句："我有这份荣誉。"他对骑士说道："我履行自己的诺言，因为我是骑士。"不过，若把他视为一个背德者，那也大错特错了。他在这方面"如同世人"：他的道德就是同情或者憎恶。只有时时参照他所象征的俗人——通常的诱惑者和风月场上的男人，才能很好地理解唐璜。他是个普通的诱惑者。①除了这样一点差异：他是有意识的，因而就是荒诞的人。一个变得清醒的诱惑者，并不会相应就改变了。勾引女人是他的常态。只有在小说里，这个人物才一反常态，变得好起来。但是可以说，什么都没有变，同时又一切都改观了。唐璜所执行的，是一种数量的伦理，同追求质量的圣人正相反。不相信事物有深意，这是荒诞人的本色。那些热情洋溢或者惊叹不已的面孔，他都领略了，都储存起来，并且付之一炬。时间与他同行。荒诞人，就是须臾不离开时间的人。唐璜无意"收集"女色，金屋藏娇。他历尽女色，并同她们一起竭尽人生的机遇。收藏，就是尽量活在过去。但是，他拒不追悔，这是希望的另一种形式。他不善于观察肖像。

因此他就是自私的吗？当然是以他的方式，不过，就这方面，还得交代明白。有的人生来为活一世，有的人生来为爱一生。唐璜至少肯说出来。不过，他好像有所选择，

---

① 从充分意义上来理解，包括他的缺点。一种得当的态度也包含着缺点。——作者原注

一定是长话短说。因为，这里谈及的爱，装饰着永恒的幻想。所有情欲专家都告诉我们，只有闹别扭的爱才是永恒的。没有争斗就没有什么激情。这样一种爱情，只有在终极的矛盾、死亡中才能找到归宿。要么当维特，要么什么也不是。至此，还是有好多种自杀方式，其中一种就是忘我而完全奉献，唐璜跟别人一样，知道这能打动人心。但是，他也是绝无仅有的几个少数人，深知这并不是至关重要的。同时他也完全明白，受一种伟大爱情驱动的人，完全摆脱个人的生活，在爱中也许能充实起来，可是被他们的爱选中的那些人，肯定会变得贫乏了。一位母亲、一位多情的女子，难免有一颗干涸的心，只因这颗心脱离了人世。心里只装着一种情感，只装着一个人，只装着一张面孔，可是自身整个儿被吞噬了。驱动唐璜的是另一种爱情，是解放者之爱。这种爱带来世上所有面孔，他那种颤栗发自不会久长的认知。唐璜选择了爱后完全消失。

对他而言，关键是看清楚。我们所说的爱情，就是指参照书本和传说提供的集体看法，把我们同某些人连在一起的关系。然而，我所了解的爱情，无非是把我同某人联结起来的这种欲望、温情和智力的混杂。而这种组合又因人而异。我无权给所有经验冠以同一名称。这就免得引导人以同样行为去体验。荒诞人在这方面，也同样分身有术，不可能整齐划一。从而他发现了一种新的存在方式，这种方式既解放与他接近的人，至少也同样解放他自身。唯独同时自知是短暂而又独特的爱情，才是慷慨的爱情。正是所有这些死去的和再生的，集束为唐璜的人生。这是他给予并使人感受生活的方式。由大家来判断，能否说这就是自私自利。

我这里想到那些非要惩罚唐璜不可的人。不仅要惩罚来世，还要惩罚今世。我想到所有这些故事、这些传说和这些嘲笑，全压在老年唐璜的身上。不过，唐璜对此早有所准备。对一个憬悟的人来说，暮年晚景，并不是出人意料的事情。他完全意识到了，恰恰是因为他并不自我隐瞒寂寥凄凉的晚景。雅典有一座专门供奉老年的神庙。家长时而带孩子去拜老年神。对于唐璜，别人越是嘲笑，他的形象越是鲜明。有鉴于此，他拒不接受浪漫派赋予他的形象。这个饱受折磨的可怜虫唐璜，谁也不会嘲笑了。引起大家的怜悯，老天也许会拯救他吧？但是，问题并不在于此。在唐璜隐约瞥见的天宇中，可笑也同样是可以理解的。他认为受惩罚是理所当然的。这就是游戏规则。正因为他慷慨大度，才接受了全部游戏规则。不过，他自知有道理，也就谈不上惩罚。一种命运并不是一种惩罚。

这就是他的罪过，而我们明白，追求永恒的人称之为对他的惩罚。他掌握了一门不容幻想的科学，否定了追求永恒的人所宣扬的一切。爱并拥有，征服并耗尽，这就是他的认识方法（《圣经》称"认识"为爱的行为，在《圣经》偏爱的这个词中自有深意）。在他无视他们的情况下，他就成为他们的死敌。一位专栏编辑转述道，莫利纳剧中的那个骗子确有其人，被方济各修会的修士们杀害了，他们就是要"结束这个出身高贵而免受惩罚的唐璜的放纵和渎神"。他们随后便宣布，天雷将他劈死了。没人去证实这种怪异的结局。也没人去反证。我无须求证这是否是真的，但是我可以说这合乎逻辑。我这里只想保留"出身"一词，搞搞文字游戏：这就是说，生于世上确保他清白无辜，只有死后才背上罪名，而其罪过现在广为传说了。

这尊石雕骑士，这尊冰冷的雕像，除了被移动来惩罚这个血气方刚敢于思想的人，还意味着别的什么呢？意味着永恒理性、秩序、普遍道德所代表的所有权利，以及易怒的上帝全部怪异的妄自尊大，都集中体现在这尊石像上。这块没有灵魂的巨石，仅仅象征唐璜永远否定的那些势力。不过，石雕骑士的使命到此为止。霹雳雷电，又返回召唤来的人造天上。真正的悲剧另行上演，与他们毫不相干。不对，唐璜不是死在一尊雕像的手下。我情愿相信他在传说中的虚张声势，相信这个头脑健全的人的那种狂笑，向一尊根本不存在的神挑战。而且，我尤其相信那天夜晚，唐璜在安娜家中等待，那尊石雕骑士并没有来。午夜过后，这个不信教的人一定感到，那些理直气壮的人苦不堪言。我还更愿意接受他那一生的记述，讲他后来隐退，终老在一座修道院里。并不是说故事有教益的方面就可以当作确有其事。要向上帝乞求什么庇护呢？这倒体现出一生沉浸于荒诞的合乎逻辑的归宿，一生转向没有来日的寻欢作乐而张皇失措的结局。享乐在此以苦修告终。应当理解为，享乐与苦修可以作为同一贫乏的两副面孔。还能期望什么更为骇人的形象呢？一个被肉体背叛出卖的人的形象，这个人该死而没死，要把戏演完等待终场，面对面侍奉这个他不崇敬的上帝，就像从先侍奉生活那样，跪在虚无面前，双臂伸向他知道既不雄辩又没深度的上天。

我看见唐璜在一间修室里的情景，西班牙修道院坐落在荒僻的山峦上。如果说他观望什么的话，那绝不是逃逝的爱情的幽灵，倒可能是从围墙灼热的枪眼，眺望西班牙一片寂静的平原，壮丽而没有灵魂的土地，他认出了自己。对，正应该停留在这副光彩熠熠的忧伤形象上。终局，等待而从不企盼，终局无足挂齿。

戏剧

哈姆雷特说道："演戏，就是陷阱，我用来逮住国王的意识。""逮住"，说得好。因为意识行进迅疾，动辄又缩回去。必须飞快地抓住，看着那千载难逢的瞬间，趁那意识匆匆投向自身一瞥的时机。常人不大喜欢拖延。相反，无不催促着他。然而与此同时，引起他兴趣的又莫过于他自身，尤其是他可能成为的样子。因而他喜欢剧院，喜欢看戏，那么多命运在他眼前展现，而他不受其苦，只接受其诗意。从这里可以认出，他是个无意识的人，继续奔向不知什么的希望。荒诞人开始于此人终止之处：他不再观赏，精神要投入游戏了。深入所有这些生活，感受生活的多样性，这纯粹是表演生活了。并不是说一般演员都听从这种召唤，也不是说他们是荒诞人，只是表明他们的命运是荒诞的命运，可能诱惑吸引一颗明慧的心。上述必不可少，以免误解下文。

演员统御着必然消亡的场景。众所周知，在所有的荣耀中，演绎的荣耀最为短暂。这种说法，至少出现在街谈巷议中。其实，各种荣耀无不昙花一现。根据天狼星来客①的观点，一万年之后，歌德的作品就将化为尘埃，他的名字也将被人遗忘。到那时候，也许会有几个考古学家发掘寻找我们时代的"证物"。这种想法始终有教益。这种深思熟虑的想法，能将我们的焦躁烦乱引向在冷漠中发现的那种深挚的高尚，尤其能将我们的忧虑导向最可靠的事物，即当下的事物。在所有的荣耀中，欺骗性最小的就是能当场感受到的荣耀。

因此，演员就选择了不可计数的荣耀，即自我奉献的、感觉得到的荣耀。万物总有消亡的一天，正是演员从中得出最好的结论。一名演员，有时成功，有时不成功。一名作家，即使默默无闻，也心存一种希望。他料想自己的作品将见证他那段人生。演员顶多能给我们留下一幅照片，至于他的行为和沉默、他短促的气息和爱情的呼吸，他本身的一切，什么也不会呈现到我们面前。不为人知，就等于没演戏，如不演戏，那就等于随着所有那些人物死去上百次，而他本来可以使那些人物活跃或复活在舞台上。

发现一种荣耀建立在极短暂的作品之上，有什么可大惊小怪的呢？演员有三小时工夫，扮演伊阿古或者阿尔塞

① 典出伏尔泰哲理小说《米克罗梅加斯》，这个来自天狼星的小巨人到了地球，给地球人带来许多新奇的见解。

斯特，费德尔或者格罗塞斯特。[①]在这短暂的过程中，他在五十平方米的舞台上，从生到死表演这些人物。荒诞从来没有这么长时间，表现得如此精彩。这些美妙的生活，这些独一无二的完整命运，在几小时之内，在几堵墙中间生长并完结，还能期望什么更有启发效果的缩影呢？离开舞台，希吉斯蒙[②]就什么也不是了。两个小时之后，有人看见他在城里用晚餐，或许这时候，真的就人生如梦了。不过，继希吉斯蒙之后，又来了另外一个人。这个拿不定主意、自寻烦恼的主人公，替代了复仇之后长吼的那个人。演员就是这样，横跨几个世纪，历经各种精神，模仿人可能的和实际的样子，从而契合了另一个人物——荒诞的旅行者。演员也像荒诞人那样，耗尽某种事物，不停地奔波。他是时间的旅行者，在最好的情况下，堪称灵魂追逐的旅行者。数量的道德，果真能找到食粮的话，那也必定是在这种特殊的舞台上。演员能在多大程度上，得益于这些人物，这实在难说。但这并不是问题的关键。只需了解演员在多大程度上进入角色，融入这些不可替代的生活。有时，演员的确携带着这些人物，让他们略微超越了他们出生时的时间和空间。有他们陪伴，演员再想摆脱曾经的状态就

---

① 这四人都是剧中人物：伊阿古是莎士比亚《奥赛罗》中的恶人，阿尔赛斯特是莫里哀《恨世者》的主人公，费德尔是拉辛同名悲剧的女主人公，格罗塞斯特是莎士比亚《理查三世》的主人公。

② 希吉斯蒙是西班牙剧作家卡尔德隆《人生如梦》中的人物。

不太容易了。有时他要拿起酒杯，不觉又重复哈姆雷特举杯的姿势。不错，他使之活跃在舞台上的人物，跟他的距离并不那么远。他月复一月，乃至日复一日，大量地掩饰着这种极其丰富的现实生活。可见一个人要成为什么样子和他原本原样之间，并不存在什么界限。表现到何等程度，便成为存在了，这就是他要表明的，而且总那么用心更出色地扮演。因为，这正是他的艺术，绝对的假扮，尽可能深入不是他本人的那些生活。努力的结果，它的使命也就明晰了：尽心尽力达到谁也不是，或者化为许多人。他扮演的人物，塑造的空间越狭窄，就越是少不了他的才能。他今天就是所扮演人物的面孔，过三小时就要死去，必须在三小时之内，体验并表现一种非凡命运的全过程。这便是所谓丧失自我而为找回自我。这三小时内，他要将走不通的路走到底，而观戏的人却要走一辈子。

演员模仿易逝的人生，努力表现，只能在表面上曲尽其妙。舞台上的约定俗成，就是心灵仅仅通过肢体动作，或通过兼可表现心灵和肉体的声音表达出来，让人理解。按照这门艺术规划的要求，一切都加码放大，用肉体表达出来。如果在舞台上，像现实中那样表现爱，必须运用这种无可替代的心声，像深情凝视那样看对方，那么我们的语言始终就是密码了。舞台上的沉默应当听得见。爱情提高调门，甚至静止不动也变得壮观。躯体为王。"戏剧性"

不是谁想做就做得到的，而且，这个词，往往被错误地贬低，实则包含了一整套美学和一整套伦理。人生有一半时间是暗示，掉过头去，沉默不语。演员就是不速之客，他给这颗灵魂祛除魔法，受禁锢的激情便纷纷登台表演。那些激情通过各种动作说话，只靠着呼喊存活。演员就这样构成他的人物，展现出来。他绘制或者雕刻这些人物，想象出他们的形态，融入其中，将他的血液注入这些幽灵的躯体里。自不待言，我指的是伟大的喜剧，能给演员提供机会，完成他那有血有肉的命运的戏剧。请看莎士比亚。这出戏一开场，就是躯体的疯狂，驱动着舞蹈。疯狂说明了一切。没有疯狂，整出戏就土崩瓦解了。李尔王不做出粗暴的举动，放逐考德莉娅，处罚爱德加，就不会赴疯狂给他的约会。这出悲剧恰如其分，在疯癫的征象下展开。那些灵魂任由魔鬼摆布，狂舞乱跳。少说有四种疯子：一种因职业，一种出于意愿，另外两种则是遭受折磨所致。处于同样状况，却有四个紊乱的躯体、四副无以言表的面孔。

人体周身全算上也还不够。面具和厚底靴，脸部化妆，减弱或突出其主要特征，服装既夸张又简化，这个舞台天地为表象牺牲了一切，完全为眼球而设。好一个荒诞的奇迹，仍然是躯体带来认知。我若不是扮演这个角色，就永远也不能理解伊阿古。听他的台词也是白听，只有亲眼看见的时候，我才抓住了他。演员从这荒诞人物身上获取了单调，这个独一无二的身影，既奇特又熟识，令人心荡神迷，演员就携着这身影穿越他的所有角色。这仍表明伟大的戏剧作品有助于格调的统一。①正是在这方面，演员出尔反尔：既单一却又极为多样，单独一个躯体，凝聚了那么多灵魂。然而，这是十足的荒诞的矛盾：这个人什么都想达到，什么都想经历，这是徒劳的企图，这是毫无意义的固执。总是出尔反尔，在他身上却协调一致。他到了这种境界：肉体和精神重又相聚；精神屡屡落败，只好回归它这最忠实的盟友。哈姆雷特说道："祝福这些人吧，他们的鲜血与判断如此奇妙地混合，再也不是命运的手指随意按孔就吟唱的笛子了。"

教会怎么没有谴责演员这种行径呢？教会批驳这种艺术使异端灵魂激增、情感堕落，批驳一种精神拒不仅仅经历一种命运，要冲进各种放纵之中的可耻企图，教会还禁止演员把兴趣放到现实上和普洛透斯②式的胜利上，否定主教会的一切教诲。永恒不是一场游戏。一种思想丧失理智，喜爱一出喜剧竟然胜过永恒，也就无可救赎了。在

---

① 我在此处想到莫里哀笔下的阿尔塞斯特。整出戏都极其简单，极其明显，又极其粗俗。阿尔塞斯特指责菲兰特，塞莉梅娜指责莉昂特，整个主题都置于一种推向极致的性格的荒诞后果中，而那诗本身，"拙劣的诗"，几乎没有节奏，如同那性格的单调。——作者原注

② 希腊神话中变化无常的海神，又名"海中老人"。他能知未来，如有人发现他在岩石的阴影下睡午觉，他就向那人预告未来。

"到处"和"永远"之间，没有妥协的余地。因此，这种备受贬低非难的行当，就可能产生过度的精神冲突。尼采说道："重要的不是永恒的生命而是永恒的活力。"其实，全部悲剧就发生在这种选择之中。

阿德里安娜·勒库弗勒①在临终的床上很想忏悔，并且领受圣体，但是不肯弃绝她那职业，因而丧失了忏悔的特惠。她违抗上帝，不是要维护自己深挚的激情又是什么呢？这个生命垂危的女子，流着眼泪拒绝否定她所称的艺术，从而表现出来的伟大，是她在舞台脚灯前表演所从未达到的。这是她最出色也最难演的角色。在上天和一种可笑的专一之间进行选择，更加珍爱自己，不做永恒的供品，也不沉迷于上帝，这就是千百年来的悲剧，她必须在剧中保持自己的位置。

那个时代的演员，无不深知已被逐出教门。进入演艺行业，就是选择地狱。教会从他们身上分辨出最凶恶的敌人。有几个文人义愤填膺："怎么，拒不给莫里哀临终的救助！"②然而，这是理所当然的，尤其是这个主儿，死在戏

---

① 阿德里安娜·勒库弗勒（1692—1730），法国著名女演员，表演风格自然而朴实，给舞台带去新风。因没有脱离演艺生涯，死后受到教会势力的凌辱，圣·绪尔皮斯本堂神父不给她举行宗教葬礼，不准葬在教堂墓地。伏尔泰在诗《勒库弗勒小姐之死》和哲理小说《老实人》的第二十二节，都揭露了教会势力对演员的迫害。

② 莫里哀死时没有得到宗教的救助，秘密埋葬在圣·约瑟夫墓地（今巴黎第一区），那里专门埋葬自杀者和没有洗礼的儿童。

台上，以粉墨的形象结束整个奉献扮演众生的一生。有人谈起他，说什么天才原谅一切。其实天才什么也不原谅，恰恰是因为天才本来就拒绝。

演员自当知道势必受到什么惩罚。然而，生活本身给自己保留的最后的惩罚，以此为代价的那种十分模糊的威胁，又能有什么意义呢？演员事先体验的正是这种惩罚，而且全盘接受了。无论是演员还是荒诞人，早夭是无可挽回的。不如此，什么也抵偿不了他扮演的角色和经历的世纪的总和。但不管怎样，总归是殒命。因为，演员固然无处不在，可是岁月不饶人，在他身上留下印迹。

稍微有点想象力，就能感觉出演员的命运意味着什么。演员就是在时间中构思并陈列他的人物。他也是在实践中学会统御他们的。他越是经历不同的人生，越容易同那些人生分手。时间一到，他就必须死在舞台上，从这世间消失。他经历过的都历历在目，看得很清楚。他感到一生冒险所包含的撕心裂肺和不可替代的成分。他全看透了，现在可以死去了。那些老演员可以住进养老院。

征服

征服者说:"不,不要以为我喜爱行动,就得放弃思考。相反,我相信什么完全可以确定。只因我信得坚定,见得确切而明晰。不要轻信这么说的人:'这个嘛,我太清楚了,就是讲不出来。'他们之所以表达不出来,正因为他们不知道,或者懒惰惯了,只了解点儿皮毛。"

我没有多少见解。人到生命完结的时候才发觉,自己用了许多年确认一个真理。然而,哪管一个真理,只要明了,就足以引导一个人的一生。至于我,确实有话要说,谈谈个人。必须毫不客气地讲出来,如有必要,还得适当地表示鄙夷。

一个人沉默多于讲话,必成为一个强人。有许多事情,我就保持缄默。但是我坚信,所有那些人评价个体,立论所依据的经验比我们要少得多。智力,振奋,人心的智力,也许预感出了应当觉察到的情况。然而,时代及其废墟和鲜血,用极明显的事实充塞我们的头脑。古代民族,甚至非常近代的，乃至我们这个机械时代的民族，都可能审察社会的美德和个人的德性，探究哪一个应该为另一个服务。可能出现这种状况，首先由于人心的这种根深蒂固的谬见，即人生于世不是侍候人，就是受人服侍。还有一种缘由：无论是社会还是个人，都还没有充分展现各自的本领。

我见过一些富有才智的人。他们观赏荷兰画家的杰作，大为赞叹产生于弗朗德勒血腥战争中心的作品，也为三十年残酷战争正酣，西里西亚神秘主义者所做的祈祷而大大感动。在他们惊奇的眼里，在世俗纷争之上，悬浮着永恒的价值。不过后来，时过境迁。如今的画家缺乏了那种宁静。即使他们内中还有一颗创作者所必需的心，我是说一颗冷漠的心，那也根本用不上。因为包括圣人本身，所有人都动员起来了。这也许是我感受最深的一点。每种夭折在战壕里的形式，每个被刀枪击碎的妙思、比喻或祈祷，永恒便随之丧失一部分。我意识到我离不开自己的时间，就决定同时间合为一体。我之所以这么重视个体，只因为在我看来，个体微不足道而又备受屈辱。我知道没有胜利的事业，那么就把兴趣放到失败的事业上：这些事业需要一颗完整的心灵，对自己的失败和暂时的胜利都无所谓。对于感到心系这个世界命运的人来说，文明的撞击具有令人惶恐的效果。我把这化为自己的惶恐不安，同时也要撞撞大运。在历史和永恒之间，我选择了历史，只因我喜爱确定的东西。至少，我信得过历史，怎么能否定把我压倒的这种力量呢?

在静观和行动之间,总有事到临头必须选择的时候。这就叫作长大成人。这种撕心裂肺的痛苦实不堪忍受。然而对一颗自豪的心灵来说,就没有中间路可走。有的只是上帝或时间,这个十字架或这把剑。这个世界有一种超越它的骚动的更高意义,或者除了骚乱什么都不是真的。必须跟时间同生活,一起死去,或者为了一种更伟大的人生而逃避时间。我知道人可以妥协,可以生活在当代而相信永恒,这就叫作接受。可是,我憎恶这个字眼,我全要,或者什么也不要。我就是选择行动,也不要以为对我来说,静观就是一块陌生之地。但是,静观不可能给我一切,我又被剥夺了永恒,就愿意同时间结盟了。无论是怀旧还是人生苦涩,我都不愿记到我的账上,只想看清楚了。我要告诉您,明天您就要应征入伍。对于您和对于我来说,都是一种解放。个人什么都干不成,然而什么都可以干。在这种不受拘束的美妙状态中,您应当明白,我为什么既激励又压倒个体。正是世界碾轧个人,也正是我将其解放。我提供给个人全部应有的权利。

征服者也知道,行动本身是徒劳无益的。只有一种行动有效用,即重造人和大地。我永远也改造不了世人。但是一定得"死马当作活马医"。因此,我在斗争的路上,难免会遇到血肉之躯。肉体,即使遭受屈辱,也是我唯一确定的东西。我只能靠肉体存活。造物就是我的家园。这就是为什么，我选择了这种没有意义的荒诞努力。这就是为什么，我站到了斗争这一边。我说过了，时代恰逢其时。迄今为止，一个征服者的伟大体现在地理方面，用占据的领土面积来衡量。这个词转变了意思绝非偶然，现在不再指获胜的将军了。伟大转变了阵营，进入抗议和无前途的牺牲之中。这种选择，也绝不是喜爱失败。当然要盼望胜利。然而，胜利只有一种，即永恒的胜利，是我永远获取不到的。我就绊在这里，还紧紧抓住不放了。一场革命，总是形成一场反神运动，首开的就是普罗米修斯的革命①，他是现在的第一个征服者。这是人对抗命运的一种诉求：穷人的诉求不过是一种借口。但是，我只能在人的历史行动中抓住这种精神，这也正是我与之相会的机会。可也不要以为我会乐在其中。面对本质的矛盾，我还坚持我这人的矛盾。我将自己清醒的判断力置于否定矛盾的论调中间。我直面压垮人的东西激励人，于是，我的自由、我的反抗和我的激情，都汇聚在这种高度的紧张、这种敏锐的观察和这种无以复加的重复之中。

不错，人就是他本身的目的，也是他唯一的目的。人若想成为什么，那也是在这种生活中。现在，我终究了解了。征服者有时讲讲战胜和克服。其实，他们所指的始终

---

① 阿尔贝·加缪指导劳工剧团，于1937年3月排练演出了埃斯库勒斯的剧作《被缚的普罗米修斯》。

是"克服自我"。您完全明白其中的含义。在某些时刻，任何人都感到自己相当于一个神。至少有人就这样明言。不过，这来自一闪念，自己感到了人的精神的惊人伟大。征服者不过是充分感到自己力量的人，确信能始终生活在这种高度，并且完全意识到这种伟大。这是一个算术问题，多算一点儿少算一点儿。征服者能够达到最高值，但是他们怎么也不可能高于人本身，即使有这种意愿。因此，他们永远不会脱离人的熔炉，而是投入最炽热的革命之魂中。

他们在熔炉里发现了伤残的造物，但是也遇见他们喜爱并赞赏的唯一价值，即人及其沉默，这既是他们的贫乏，也是他们的财富。对于他们而言，唯一能有的奢侈，表现在人的关系上。怎么还能不理解，在这脆弱的天地里，与人有关的一切，唯独与人有关的事物，才具有一种更为火辣的意义呢？紧绷的面孔，受到威胁的博爱，人与人之间既特别牢固又特别羞怯的友谊，这些都是真正的财富，因为无不转瞬即逝。精神就是在这些财富中间，最能感受他的权力和局限，也就是说它的效力。有几个人提及天才。然而天才，说得太轻率了，我更喜欢用智力。应当说智力可能非常卓越，照亮并统御这片荒漠。智力知道自己的依附地位，表现得有声有色，最后和这身躯一同死去。但是心中有数，这便是智力的自由。

我们也明明知道，所有教会都反对我们。心弦绷得如此紧的一颗心逃避永恒，而所有教会，神圣的或者政治的，都自诩为永恒。可是在这些教会看来，幸福和勇气、薪水和正义，都是次要的目的。教会给世人提供学说，就必须遵奉。然而，我对那些理念和永恒根本没兴趣。适合我的真理，我一抬手就能触碰到，而且形影不离。这就是为什么，你们以我为依据，什么也确立不起来：征服者身上什么都不长久，甚至包括他的学说。

这一切的终点，便是死亡，无可奈何。我们一清二楚。我们也清楚，死亡终了一切。这就是为什么，遍布欧洲的这些墓地非常丑陋，让我们当中某些人噩梦缠身。人只美化喜爱的东西，而对于死亡，我们又反感又厌倦。死亡也同样需要人征服。当年帕多瓦城，被威尼斯军队包围，又闹了鼠疫，变成空城，最后一个卡拉拉家族①的人，呼喊着跑遍他那空荡荡的王宫各个厅室，召唤魔鬼但求一死。这便是一种克服死亡的方式。西方还特有一种勇气，表现在死亡自以为受到敬重的地方，布置得特别狰狞可怕。在反抗者的宇宙中，死亡彰显着非正义。死亡是登峰造极的滥用权力。

另一些人，也同样毫不妥协，选择了永恒，揭露人世的虚幻。他们的墓地在花鸟丛中微笑。这正适合征服者，向他呈现他所摈弃的东西的清晰形象。征服者则相反，选

---

① 帕多瓦为意大利城市，中世纪受卡拉拉家族的统治。

择了黑色的铁围栏和无名的壕沟。信奉永恒的人中间最优秀者，面对富有才智的人肯于同他们这种死亡的形象共存，有时既惊骇不已，心里又充满了敬重和怜悯。然而，这些富有才智的人却从中汲取力量和自身存在的依据。命运就面对着我们，我们不断挑战的也正是命运。主要不是自尊使然，更是出乎我们的意识：认识到我们毫无意义的生活状况。我们也同样，时而也可怜自身。这是我们觉得唯一可以接受的同情：这样一种感情，也许您不大理解，觉得缺乏气概。不过，我们当中最有胆量的人却深有体会。我们只是把头脑清醒者称为有气概，我们也不需要脱离洞察力的一种力量。

再次申明，这些形象推出的并不是道德的教训，也没有插入判断，就是些画面，仅仅表现一种生活格调。情人、演员或者冒险家，无不扮演着荒诞。当然，他们若是愿意的话，同样可以扮演贞洁的人、官吏或者共和国总统。只要了然于胸，丝毫也不掩饰就足够了。在意大利博物馆，有时能看到小彩屏，那是从前教士举到死囚面前遮挡绞刑架的。各种形式的跳跃，冲进神圣和永恒，沉溺于日常生活或者头脑里的幻想，所有这些屏幕挡住了荒诞。也有一些公职人员没有屏幕，我要谈的正是他们。

我选择了最极端的人。到了这种等级，荒诞就赋予他们一种王权了。不错，他们是无国之君。但是比起别人来，他们有这种优势，知道所有王国都是虚幻的。他们心知肚明，这就是他们的全部伟大之所在，而有人却徒然地要谈他们隐藏的不幸，或者幻灭的灰烬。被剥夺了希望，不等于绝望。大地的火焰完全抵得上天国的芳香。无论是我还是任何人，在这里都无权评断他们。他们不求多么优秀，但是尽量始终不渝。明智一词，如果用于知足者，生活上满足于已有，并不胡思乱想没有的东西，那么我们这里所说的人就是明智者了。他们当中一个人，知道得比谁都更清楚，不过，在精神领域当属征服者，在感知方面当属唐璜，在智力上当属演员。"一个人将他珍视的绵羊般的小小温情直达完美时，无论是在大地还是天上，根本不配享有特惠；往好里说，他不折不扣，仍然是一只可爱的小绵羊，长着犄角而显得可笑，仅此而已——还得假定他没有因虚荣而丧命，也没有摆他那法官架势而引起公愤。"

无论如何，也必须为荒诞推理恢复更为热忱的面孔。想象力还可以增添许多别的面孔，那些禁锢在时间里和流放中的人，他们在没有未来也没有软肋的天地里，也同样善于合度得体地生活。这个无神的荒诞世界，于是就住满了思路清晰而不再抱希望的人。我还没有谈最荒诞的，即创作者。

荒诞的创作

哲学与小说

在荒诞的稀薄空气中，所有这些维系着的生命，如果没有某种深刻而一贯的思想大力鼓舞，就不可能坚持下来。即使这样，也可能只是一种奇特的忠实情感。我们也见过一些意识挺强的人，在最愚蠢的战争中完成他们的任务，并不觉得身处矛盾之中。那是因为什么也逃避不了。因此，支撑着世界的荒诞性，就有一种形而上的幸福感。征服或游戏、数不胜数的爱情、荒诞的反抗，这些全是人在一场明知必败的战役中，向自己的尊严表示的敬意。

问题仅仅在于恪守战斗的规则。这种思想就足以滋养一种精神，曾经支持并继续支持一些完整的文明。大家并不否定战争。遭逢战乱，生死由天。荒诞就是如此：必须与之同呼吸，承认荒诞的教诲，寻找那些教诲的血肉之躯。在这方面，典型的荒诞快乐，就是创作。尼采说道："艺术，唯独艺术，我们有了艺术，就根本不必因真理而死了。"①

我力图描述，并以不同方式让人感受经验时，一种烦
恼消亡之处，必定出现另一种烦恼。幼稚般寻找遗忘，呼
唤满足，现在却没有回声。然而，让人面对世界站得住的
那种绷紧的定力，促使人迎接一切的那种有条理的疯狂，
给人留下了另一种狂热。在这洞天地里，要想维系自己的
意识，确定哪些冒险，作品则是唯一的机会。创作，就是
活两次。那个普鲁斯特焦躁不安，摸索寻找，那么细腻集
中地描述鲜花、壁毯和惶恐心情，也并没有任何别的含义。
与此同时，普鲁斯特的创作，比起演员、征服者，以及所
有荒诞人在他们生命的每一天都持续不断而不可估量的创
作来，也没有更多的意义。所有人都试图模仿、重复，重
新创造现实，即他们的现实。最终我们总能拥有我们人生
的真相。对一个背离永恒的人来说，整个人生，不过是一
种戴上荒诞面具过度的模仿。

这些人首先就心中有数，其次竭尽全力跑遍。扩展并
丰富他们刚刚登临的无前途的小岛。但是，必须首先了解
清楚。因为，荒诞的发现有个暂停时间段，碰巧未来的激
情正在形成并确立下来。人即使没有福音，也有他们的橄
榄山②。他们在自己的橄榄山上，也同样不能睡觉。对荒

---

① 参看弗里德里希·尼采的《权力意志》。
② 耶路撒冷城东的圣山。据《圣经》记载，耶稣到橄榄山上向门徒讲道，不准他
们睡觉，以免受迷惑。

诞人来说，问题不再是解释乃至解决了，而是体验和描述。一切都始于富有洞察力的冷漠。

描述，这是一种荒诞思想的最后雄心。科学也抵达了自身悖论的终点，不再推荐什么，而是停下来静观，绘制现象始终原初的景象。心灵就这样豁亮了，明白我们面对世界的容貌满怀的冲动，并不是来自世界的深度，而是来自世界面貌的多样性。没有必要解释，但是留下了感觉，随着感觉还有不断的呼唤，召来一个在数量上取之不尽的宇宙。人们就在这里认清艺术作品的地位。

艺术作品既标志一种经验的死亡，也表明这种经验的繁衍。好似由世界组合好了的主题激情而单调的重复：躯体、神庙门楣上层出不穷的形象、形状或色彩、众多或匮乏。因此，在创作者绚丽而稚拙的天地里，尽数找出本论著的重要主题，也不是无所谓的事。人可能走进误区，从中看到一种象征，以为艺术作品终究可以认作荒诞的庇护所。须知艺术作品本身，也是一种荒诞现象，仅仅在于描述荒诞，并不能给精神痛苦打开一条出路，反而是这种痛苦在一个人全部思想中回响的一种征象。不过，艺术作品破天荒第一次，使精神走出自身，置于别人面前，不是为了使其迷失方向，而是指明人人都踏上的这条路根本走不通。在荒诞推理的时间段，创作追随着冷漠和发现，标明荒诞激情冲起之点，正是推理停止之处。创作在本文中的地位，就这样名正言顺了。

　　只要揭示创作者和思想家共有的几个主题，我们在艺术作品中，就能重新发现思想进入荒诞所遇到的所有矛盾。其实，主要还是他们共同的矛盾，而不是相同的结论促成他们智力的亲缘关系。思想和创作均如此。几乎无须我讲，正是同一种烦恼促使人采取这些态度。也正因为如此，这些态度起步时都大同小异。然而，从荒诞出发的所有思想，我却极少见到有坚持得住的。正是从那些思想的差距和不忠的程度上，我才更好地衡量出只属于荒诞的成分。与此同时，我也难免自问：一件荒诞作品能创作出来吗？

　　从前艺术和哲学之间相对立的那种裁断，如今不会有人过分强调了。如果要过分认真地去解读，那么可以肯定，那种裁断是错误的。如果只想说这两套系统各有特殊的环境，那无疑就说对了，但是也太空泛。一方面，哲学家封闭在自己的体系"中间"，另一方面，艺术家"面对"自己的作品，这两者之间所引起的矛盾，则是唯一可接受的论据。不过，这只适用于艺术和哲学的某种形式，而在这里我们认为是次要的。脱离创作者的艺术构思，不仅仅过时了，而且还是虚假的。应当指出，从来没有哪位哲学家创立学说有好几个体系，而艺术家则不然。但是，此话不虚，仅仅指这种情况：任何艺术家以不同的面貌，向来也只表现一种东西。艺术瞬间的完美、不断更新的必要性，这仅仅是偏见造成的事实。因为，艺术作品也是一种构造，而众所周知，伟大的艺术家在某种程度上可能显得单调。艺术家堪比思想家，以同样资格介入自己的作品，在作品中实现自我。这种渗透提出了最重要的美学问题。此外，以不同的方法和对象来区分，在那些确信精神目标的一致性的人看来，是最徒劳无益的事了。人为了理解和爱而设定的学科门类之间，其实并没有界限，彼此相互渗透，又因同样的焦虑而混同难辨。

一开始就必须说明这一点。为了创作出一部荒诞作品，思想务必以最清醒的状态参与进去。然而，与此同时，思想也绝不可以在作品中显山露水，顶多作为统筹安排的智力。这种反常现象用荒诞解释得通。艺术作品诞生于智力放弃具体推理，标志着物质世界的胜利。正是清醒的思想激发作品，但是就在这种创作行为中又舍弃了自我。清醒的思想不会受到诱惑，就给描述外加一层明知不合情理的更深意义。艺术作品体现了智力的一种悲剧，但只是间接地成为智力悲剧的证据。荒诞作品要求艺术家必须意识到这些局限，艺术中具体描述别无深意，只表现自身。荒诞作品不能成为一种人生的目的、意义和慰藉。创作或者不创作，改变不了什么，荒诞的创作者并不执着于自己的作品，可以放弃创作，有时也确实放弃了。有一个阿比西尼亚①就足够了。

---

① 阿比西尼亚，即今之埃塞俄比亚，这里暗指死亡，源于法国象征派诗人兰波之死的传说。据传，兰波于1880年在哈勒尔殒命。

在这里同时可以看到一条美学规则。真正的艺术作品总合乎人性的尺度，本质上是"少"说的作品。在一个艺术家的总体经验和反映这种经验之间，在《威廉·迈斯特》和歌德的成熟时期之间，总有某种关系。如果作品一定要把全部经验置于一种解释文学的花边纸上，那么这种关系就很糟糕。如果作品仅仅是从经验上剪裁下来的一块，仅仅是钻石的一个切面，闪耀着凝聚在其中无所限制的光芒，那么这种关系就很好。第一种情况，那是负荷过重并不奢求永恒。第二种情况，作品则格外繁丰，只因经验尽在不言中，读者能推测出丰富性。对于荒诞的艺术家，问题就在于获得胜过处世之道的生活本领。总之，伟大的艺术家身处这种环境，首先就要成为人生的大行家，懂得活在世上，既是体验又是思考。因此，作品能体现出一种智力的悲剧。荒诞的作品表明思想放弃了自身的威望，甘愿只充当智力，彰显表相，用大量形象覆盖住没有道理的事物。如果说世界明明白白，艺术则不清不楚。

这里不谈形式艺术或色彩艺术：在那些艺术中，唯独描绘占统治地位，以谦虚姿态显示其流光溢彩。[1] 表达始于思想结束之处。那些两眼空洞的年轻人[2]，充斥于神庙和博物馆，而世人将他们的哲学化作行为。在一个荒诞人

---

[1] 我们看到一个有趣的现象，最富智力型的画作，力图将现实压缩成为基本成分，最终也就只剩下悦目的效果了。这样的画作只保留了世界的色彩。

[2] 指陈列在教堂和博物馆里的雕像。

看来，这种哲学的教益，比所有图书馆加在一起还要大。换个角度看，音乐也是如此。如果说有一种艺术剥离了教导，那恰恰是音乐。这种艺术同数学太相近了，难免不借用数学的无动机性。精神自娱的这种游戏，遵循适度约定的规则，在我们这个有声的空间里进行，振波突破这个空间，汇合而成为一个非人的天宇。绝没有更纯粹的感觉了。这些事例俯拾皆是。荒诞人将这些形式和悦耳的音韵视为己出。

不过，我要在这里谈一种作品：其解释的意图一向最大，由自身生成幻想，而结论几乎百发百中。我指的是小说创作。我也心生疑虑，荒诞在小说的创作中能否坚持得住。

思想，首先就是想要创造一个世界（或者界定自己的天地，这是一码事）。创造的起点，就是将人与其经验分离的根本矛盾，进而沿着人怀旧的思路，找到一块融洽的领地，一个由理性掌控的，或者由类似理性的东西照亮的宇宙，从而解决这种难以容忍的分离。哲学家，即便是康德，也同样是个创造者。哲学家有自己的人物、自己的象征，以及自己的隐秘行动。还有自行安排的结局。反之，小说则走到诗歌和随笔的前头，不管表象如何，也只是显示艺术的一种更为广泛的智能化。一定得搞清楚，这里特指最伟大的小说家。一种体裁的丰富性和伟大的程度，从其所包含的糟粕往往能衡量出来。坏小说的数量不应当让人遗忘最优秀作品的伟大。最佳小说恰恰载有各自的宇宙。小说自有小说的逻辑，也自有推理、直觉和公式。小说也同样要求明晰。①

上文提及的传统对立，在这种特殊情况下，就更加大合体。那是在容易拆分哲学及其作者的时期，这种对立才大行其道。如今，思想不再扬言囊括世界了，而思想最出色的历史，恐怕就是反省痛悔史了，我们也知道，行得通的体系，并不同它的作者分离。《伦理学》②，从其自身的某个方面看，不过是一部冗长而苛责的自白而已。抽象的思想终于回归血肉之躯的依托。同样，肉体和激情的小说游戏的安排，就更加符合一种观看世界的要求。作者不再讲"故事"了，而是创造自己的世界。伟大的小说家是哲理小说家，亦即命题作家的对立面。这里只列举几位，诸如巴尔扎克、萨德、麦尔维尔、斯丹达尔、陀思妥耶夫斯基、普鲁斯特、马尔罗、卡夫卡。

不过，他们选择了用形象而非用推理写作，这恰恰透露出他们有某种共同的思想，即确信任何解释的原则都用

---

① 应当深思之，这能解释糟糕透顶的小说。几乎所有人都自以为有能力思想，而在一定程度上，也确实在思想，好歹就难说了。反之，很少有人会想象自己是诗人或者写手。不过，自从思想占了上风，胜过风格的时候起，大批人趋之若鹜，都染指小说了。这并不像有人说的那样，是个多么大的弊端。最优秀的小说家就会更加严格要求自己了。至于那些倒在写作路上的人，他们本来就不该存活。——作者原注

② 荷兰哲学家斯宾诺莎（1632—1677）的代表作。

不上了，还坚信感性的表象含有教育的信息。他们认为作品既是一种终结，又是一场开端。作品是一种往往不做解释的哲学的成果，是这种哲学的例证和完成。然而，要有这种哲学言外之意的补充，作品才算完整，也终于证实了一种古老主题的变调说法：少许思想使人远离生活，更多思想把人带回生活。思想不能把现实理想化，便止于模仿现实了。这里所指的小说，正是认识现实的工具：这种认识既相对，又取之不尽，酷似对爱情的认识。以爱情为题的小说创作，既有初恋时的惊喜，又有无穷的回味。

至少是初始阶段，我承认小说具有这些魅力。但是我也承认，受屈辱的思想的这些精英有同样魅力，随后我还得以旁观他们自杀。我所感兴趣的，正是了解并描写是什么力量，将他们拉回到幻想的共同之路。因此在这里，为我所用的还是同一方法。这方法已经使用过，我的推理可以缩短，可以及时用一个简明的事例概括出来。我就是想知道，人义无反顾地接受生活之后，是否还能同意义无反顾地工作和创作，究竟是什么道路通向这些自由。我想让我的宇宙摆脱它的幽灵，仅仅布满我不能否定其存在的有血有肉的真实。我可以创作荒诞作品，选择创作的姿态，而不是迁就别种姿态。不过，一种荒诞的姿态，如若保持原本原样，就必须始终高度意识自己的无动机性。作品就是如此。如果荒诞的要求没有受到尊重，如果作品没有反映分离与反抗，而是趋奉幻想并诱发希望，那就谈不上无动机了。我再也脱离不开作品了。我的人生可以从中找出一种意义：这未免可笑。作品再也不是那种超脱和激情的操练，以便消耗壮丽而无用的人生了。

在创作中，解释的诱惑力极大，创作者能够抵制吗？在虚假的世界里，对真实世界的意识又极强烈，我能否忠于荒诞而不趋附下结论的渴望呢？在创作最后的努力中，还要面对同样多的问题。我们已经明白这些问题意味什么。正是意识的最后顾虑，唯恐以最后一种幻想为代价，抛弃当初艰难的教诲。适合创作的东西，被认为意识到荒诞的人可能采取的"一种"态度，也适用于向他提供的生活的各个类型。征服者或者演员，创作者或者唐璜，可以忘却如不意识到无理性的特点，他们就不可能进行生活的操练。人特别快就习惯了。人要生活幸福，就得想法儿赚钱，一生最大的精力、最好的时光，都用在赚钱上。幸福置于脑后，采取的手段反而成了目的。这个征服者的全部努力，也同样要偏向野心，那不过是通往一种更伟大生活之路。唐璜亦然，也将接受自己的命运，满足于这种只因反抗才显伟大的人生。对于征服者，那是自觉意识；而对于唐璜，则是反抗。在这两种情况下，荒诞都消失了。人心里执着的希望太多了。一无所有的人，到头来也往往认同幻想了。出于安宁需要的这种认同，则是同意生存的孪生兄弟。于是就有了光明的神灵和泥塑的偶像。①不过，这是中间道路，通向必须找到的那些人的面孔。

迄今为止，倒是荒诞的要求所遭受的挫败，能让我们更好地了解这种要求是什么。同样，小说创作也像某些哲学作品那样，可能呈现相同的模糊性，只要提醒我们注意这一点就足够了。因此，我可以选择一部作品来阐明，这部作品汇聚了一切，标明了荒诞的意识，其发端就非常明确，氛围也非常清晰。后果对我们一定会有教益。如果荒诞在作品中未得到尊重，我们也能看出幻想是从什么途径潜入的。一个确切的事例、一个主题、创作者的一种忠诚，这也就足够了。只是同样的分析，这种分析已经详细做过了。

我要研究陀思妥耶夫斯基偏爱的一个主题。我本来还可以研究其他作品。②不过，研读这部作品，可以从崇高和感情的意义上，直接论述这个问题，就像论述前面谈及的存在思想。这种平行关系有助于我的目标。

---

① 暗指由但以理讲述的巴比伦王尼布甲尼撒之梦（《旧约·但以理书》第二章31—35）：雕像的头用薄金制成，双足部分用铁，部分用泥土，被一块石头砸得粉碎。

② 例如马尔罗的作品。然而要论述，就势必同时涉及社会问题，而社会问题，也的确是荒诞思想所不能回避的（尽管荒诞思想给社会问题提出多种迥异的解决办法）。然而，必须有个限定。——作者原注

基里洛夫①

　　陀思妥耶夫斯基笔下的主人公，无不自行探问人生的意义。他们正是在这一点上成为现代人：他们不害怕出乖露丑。现代敏感性和传统敏感性的区别，就是前者浸淫于形而上问题，而后者浸淫于道德问题。在陀思妥耶夫斯基的小说中，这个问题提得极其尖锐，只能采取极端的解决办法。人的存在，要么是虚假的，要么是永恒的。假如陀思妥耶夫斯基仅限于这样审视问题，那他就是哲学家了。然而，他却表现了精神的这种游戏在人生中可能产生的后果，因此成为艺术家。这些后果，他抓住了最终的那个，即在《作家日记》中，他所称的逻辑自杀。在1876年12月出版的那册中，他的确想象了"逻辑自杀"的推理。这个

---

① 阿列克赛・基里洛夫，陀思妥耶夫斯基《群魔》中的人物之一。该小说取材于一桩命案：大学生伊万诺夫因不赞同观念学家的非道德原则，被涅采耶夫怂恿的众人野蛮杀害。基里洛夫早年是沙托夫（伊万诺夫在小说中的原型）的流亡难友，后为工程师、秘密革命团体成员。

绝望者确信，对于一个不相信永生的人来说，人生是一种十足的荒诞，从而得出以下结论：

> 我的关于幸福的问题，既然是通过我的意识得到了回答：除非我身处宇宙万物的大和谐中，否则就不可能幸福。这显而易见，我设想不了，永远也无法设想的……
>
> 既然在这种秩序中，最终我得身兼起诉人和担保人的角色，身兼被告和法官的角色；既然我觉得，大自然排演的这出喜剧十分愚蠢；既然我接受参演甚至认为大失颜面……
>
> 我就以无可争议的起诉人和担保人、法官和被告的身份，判处这个大自然，大自然竟如此厚颜无耻，毫无顾忌，让我生于世上受苦——我就判处大自然与我同归于尽。

这种立场还不失为幽默。这位自杀者终于自杀，只因在形而上的层面，他"恼羞成怒"。在一定意义上，他进行报复。他就是以这种方式证明，别人"休想制伏他"。然而，我们知道，同一主题体现在基里洛夫——《群魔》中的这个人物身上，也是逻辑自杀支持者身上，其广阔性就达到令人赞叹的程度。工程师基里洛夫在某处明言，他要了结自己的生命，因为"这是他的理念"。我们完全明白，这个词要从本意来理解。他是为了一种理念，一种思想，准备轻生。这是高级自杀。随着一个场景一个场景展开，基里洛夫的面具也逐渐揭开了，激励他的那种致命的思想也向我们展现出来。实际上，这位工程师照搬了《日记》的推理。他感到上帝必不可少，就应该存在上帝。可是他知道，上帝并不存在，也不可能存在。"你怎么就不明白呢，"他高声说道，"要自杀，有这一条理由就足够啦！"这种态度在他身上，也同样引起一些荒诞的后果。他满不在乎，任由别人利用的自杀，为他鄙视的一种事业图利。"昨夜我就做出决定，这事儿对我无所谓了。"他终于准备行动了，那种心情混杂着反抗和自由。"我就要自杀，以便确认我的违抗、我这可怕的心自由。"不再是报复，而是反抗了。可见，基里洛夫是个荒诞人物——但对他自杀这一点，要有基本的保留。他本人也解释了这种矛盾，甚至同时透露了最纯粹的荒诞秘密。的确，他为致命的逻辑增添了一种异乎寻常的雄心，赋予人物满足全部心愿的远景：他想要自杀化为神。

推理具有一种传统性的明晰。如果上帝不存在，基里洛夫就是神。如果上帝不存在，基里洛夫就应该自杀。因而基里洛夫必须自杀以便化为神。这种逻辑是荒诞的，然而，需要的就是这种逻辑。有趣的倒是给这尊降临大地的神明一种意义。这就等于澄清这一前提："如果上帝不存在，我就是神。"这前提还相当模糊，重要的是，首先应注意到，高调宣示这种痴心妄想的人，确确实实属于这个世界。他每天早晨练体操，以保持健康的体魄。他看到沙托夫与妻子重逢的喜悦，也是感动不已。在他死后发现的一张纸上，他是想画一张向"他们"吐舌头的鬼脸。他幼稚而又易怒，激情满怀，很有条理，也非常敏感。方方面面，他都是个普通人，唯独在逻辑和固定理念上，他是个超人。正是这样一个人，平心静气，谈论着他的神性。他没有疯，那么就是陀思妥耶夫斯基疯了。看来，驱使他这样折腾的并不是一种自大狂的妄想。而且这一次，咬文嚼字抠本义，就未免可笑了。

基里洛夫本人，就能帮我们更好地理解了。他针对斯塔夫罗钦提出的一个问题，明确说他讲的不是一个神人。我们可以认为这是有所思虑，要同基督区别开来。其实，他是要将基督归附于自己。有一阵子，基里洛夫确实想象，基督死的时候，"并没有回到天堂"。当时他已经了解，白白受酷刑，根本没有作用。工程师说道："自然法则，使得基督生活在谎言之中，并且为一种谎言而死去。"仅仅在这种意义上，耶稣体现了人类的全部悲剧。他是个完人，亦即具体实现了最荒诞的生活状况的那个人。他不是上帝人，而是人神。我们每人都可以像他那样，被钉上十字架，上当受骗——在一定程度上也成为人神。

由此可见，所谓的神性，不折不扣是人间的事。基里洛夫说道："我花了三年时间，寻找我的神性的标志，还是找见了。我的神性的标志，就是独立性。"从此以后，我们就见识了基里洛夫式前提的意义："如果上帝不存在，我就是神。"成为神，只要在这个大地自由就行了，不再侍奉一个永生的存在物。自不待言，从这种痛苦的独立性中，尤其要得出所有后果。如果上帝存在，一切都听命于上帝，我们丝毫也不能违抗他的意志。如果上帝不存在，一切就由我们做主了。无论是对基里洛夫还是对尼采来说，杀死上帝，自己就变为神了——这样，《福音书》所说的永恒生命，在人间就实现了。①

不过，假如这种形而上的罪孽就足以使人完善，那又何必徒增一项自杀呢？获得了自由之后，为什么还要自杀，离开这个世界呢？这是矛盾的。基里洛夫也十分清楚，他就补充道："你若是感到这一点，你就是个沙皇，绝不会自杀，享尽荣华富贵了。"然而，人认识不到，他们感觉不到"这一点"。正像在普罗米修斯那个时代，世人都满怀盲目的希望。②他们需要有人指路。他们离不开说教。出于对人类的爱，基里洛夫必须自杀。他责无旁贷，要给同胞兄弟指明一条艰难的康庄大道，而他将是头一个上路的人。这是一种富有教育意义的自杀。基里洛夫就这样牺牲了自

---

① 斯塔夫罗钦："在另一个世界的永恒生命，你相信吗？"基里洛夫："不信，但我相信这个世界的永恒生命。"——作者原注
② "人为了不自杀，只好发明了上帝。这就是迄今为止，人类通史的概要。"引自纪德的作品《论陀思妥耶夫斯基》。

己。但是，如果说他被钉上十字架，那也不会是上当受骗。他始终是人神，确信死亡并无前途，心中沉积着福音的忧伤。他说道："我呢，实在不幸，因为我被迫要证实我的自由。"他死了，然而世人终于警醒，这个世界将遍布沙皇，无不被人的荣光照亮。基里洛夫的手枪一响，便是终极革命的信号。可见，促使他决心一死的并不是绝望，而是同胞对他本人的爱。一场难以描摹的精神冒险在血泊中结束之前，基里洛夫讲了一句："一切皆善。"这是和人类痛苦同样古老的一句话。

因此，在陀思妥耶夫斯基的作品中，这种自杀的主题就是一个荒诞的主题。进一步论述之前，我们只想说明，基里洛夫还会活跃在其他人物的行为中，而那些人物又引出新的荒诞主题。斯塔夫罗钦和伊凡·卡拉玛佐夫，在实际生活中应用了荒诞的真理。正是基里洛夫之死解放了他们。他们试图成为沙皇。斯塔夫罗钦过着一种"嘲弄的"生活，是什么样的生活，大家应该相当了解。他惹起周围人的仇恨。然而，这个人物的关键语，则出现在他的诀别信中："无论什么，我也憎恶不起来。"他是沉浸在冷漠中的沙皇。伊凡不肯放弃精神的王权，同样成为沙皇。他兄弟一类人用他们的生活证明，要信仰就必须自惭形秽，他就可以回敬他们，那种生活状况实在可鄙。他的关键语则是"随心所欲"，还带着合乎分寸的忧伤色彩。当然，他最终疯癫了，也像谋杀上帝的最著名的凶手尼采那样。不过，这还是值得一冒的风险，而面对这样悲惨的结局，荒诞精神的基本反应就是问一句："这能证明什么呢？"

就这样，小说也同《日记》一样，提出了荒诞问题。小说确立了直至死亡的逻辑，也确立了激昂的情绪，"可怕的"自由①，变为人性的沙皇的荣光。一切皆善，随心所欲，世间万物皆不可憎恶：这些就是荒诞的判断。这些冰火双重人物，与我们如此亲近，该是多么神奇的创造啊！在他们心中轰鸣的那个冷漠的充满激情的世界，我们丝毫也不觉得骇人听闻。我们从中还能发现我们日常的焦虑。恐怕再也没有人像陀思妥耶夫斯基这样，善于将如此贴近我们，又如此折磨人的魔力，赋予荒诞世界。

可是，他得出了什么结论呢？可以引用两段话，表明形而上的完全颠倒，引导作家揭示别的情况了。由于逻辑自杀的推理引起了批评家的一些异议，陀思妥耶夫斯基在随后推出的《日记》中，阐明了他的立场，得出这样的结论："如果对人来说，相信永生至关重要（没有这种信念就可能自杀），这是因为这种信念成为人类的常态。既然如此，那么毫无疑问，就必定存在人的灵魂的永生。"另一段话，在他的最后一部小说的最后几页，正当同上帝的这场

---

① 伊凡·卡拉玛佐夫抛掉基督，只因基督想要教给人一种他们承担不起的自由。——作者原注

大战结束之际，孩子们问阿辽沙①："卡拉玛佐夫，宗教说的是真的吗？我们死亡还能复活，还能见面吗？"阿辽沙回答道："当然了，我们还能见面，我们相互欢快地讲述所发生的一切。"

就是这样，基里洛夫、斯塔夫罗钦和伊凡，全都战败了。《卡拉玛佐夫兄弟》回答了《群魔》。终归得有个结论。阿辽沙的态度不像梅里金公爵②那样模棱两可。公爵是个病人，永远生活在当下，脸上总泛着笑意，一副漠不关心的样子，这种幸福安逸的状态，就是公爵所说的永生。阿辽沙则不然，说得更透彻："我们还能见面。"再也不存在自杀和疯癫的问题了。既然确信永生和自己的快乐，何必还自杀呢？人用神性换取了幸福。"我们相互欢快地讲述所发生的一切。"就这样，基里洛夫的手枪，还在俄罗斯什么地方打响，然而世界还继续推动着它那些盲目的希望。世人并没有明白"这一点"。

可见，对我们讲话的并不是一位荒诞派小说家，而是一位存在派小说家。这里的跳跃，还是颇为感人的，赋予了启迪他的艺术应有的崇高性。这是一种动人的认同，杂糅着不确定而热烈的怀疑。陀思妥耶夫斯基谈到《卡拉玛佐夫兄弟》时，这样写道："贯穿这本书各个部分的主要问题，正是我终生有意识或无意识深感痛苦的问题，即是否

---

① 《卡拉玛佐夫兄弟》的主人公之一，另一个便是伊凡。
② 陀思妥耶夫斯基小说《白痴》中的主人公。

存在上帝。"真难以相信，一部小说就是以一生的痛苦转化为实实在在的快乐。一位评论者①准确地指出：陀思妥耶夫斯基与伊凡联手——《卡拉玛佐夫兄弟》已确定的章节要他奋笔疾书三个月，而他所称的"渎神的部分"，在亢奋中用了三周就写成了。他笔下的人物，肉体中无不扎着这根刺，无不激化刺痛，也无不想从中在感受上或非道德上找到药方。②不管怎样，还是让我们驻足在这种怀疑上。正是在这样一部作品中，半明半暗的氛围比强烈的光照更加荡人心腑，我们能够抓住人对抗自己希望的斗争。创作者走到终点，转而反对自己的人物了。这种矛盾倒允许我们引入一点点差异。不是指一部荒诞作品，而是一部提出荒诞问题的作品。

陀思妥耶夫斯基的回答是屈辱的，拿斯塔夫罗钦的话来说，就是"羞耻"。一部荒诞作品正相反，并不提供答案。整个差异就在这里。最后还应强调一点：在这部作品中，驳斥荒诞的并非它的基督教特色，而是他对未来生活的宣告。人可以同时为基督徒和荒诞人。身为基督徒而不相信未来生活，有这种事例。至于艺术作品，可以明确指出荒诞分析的一种导向，而这种导向，我们从上文就已经

---

① 指鲍里斯·德·施莱泽（1881—1969），法国文学翻译家，《群魔》（1952）的法文版译者。

② 纪德对此表明的看法既新奇又深刻：陀思妥耶夫斯基笔下的人物，几乎都是多配偶的。（安德烈·纪德：《论陀思妥耶夫斯基》，伽利玛文集丛书《文论卷》，1925年）。

预感到了。导向提出"福音书的荒诞性"。这种导向也澄清
了频频反弹的这种理念，即信念并不妨碍怀疑。我反而清
楚地看到，《群魔》的作者虽然是轻车熟路了，最终却走上
一条截然不同的路。创造者给他的人物惊人的回答——陀
思妥耶夫斯基给基里洛夫的回答，其实可以概括为这样一
句话：人生是虚幻的，也是永恒的。

没有前途的创作

至此我便领悟到，不可能永远回避希望，甚至那些意欲摆脱希望的人，也可能受到困扰。这就是在此前谈论的作品中，我所发现的意义。至少我可以在创作方面，列举几部真正的荒诞作品。[①]但是，凡事总得有个开头。这次研究的客体，就是某种忠诚。教会对异端分子那么凶狠，就因为在教会眼里，最危险的敌人莫过于迷途的孩子。但是历史表明，诺斯替教派[②]的大无畏精神，以及摩尼教派[③]的源远流长，对于正统教条的创立所做的贡献，胜过了所有祈祷。比较而言，荒诞也同样如此。大家承认荒诞之路，却又发现各种各样偏离的途径。荒诞推理即使到了终点，遵循这种逻辑的一种态度中，还能看到以催人泪下的形象

---

① 例如麦尔维尔的《白鲸》。——作者原注
② 诺斯替教派始为一种宗教哲学学说，后转化为神秘主义教派，公元1—3世纪，流行于地中海东部沿岸各地。
③ 波斯人摩尼（公元216—274或277）创建的教派，他本想创建一种永福的世界性宗教，后被波斯王处死。

引入的希望，这就不可小视了。这表明荒诞的苦行有多么艰难，尤其表明不断保持觉醒又有多么必要，同时也吻合本论著的大框架。

如果说荒诞作品还谈不上清点的话，那么就创作态度，一种能补足荒诞存在的态度，也可以得出结论。唯独一种否定思想，才能如此给力地为艺术所用。艺术的隐晦与谦卑的手段，对于理解一部伟大作品十分必要，正如黑之于白那样必不可少。劳作和创造，"什么也不图"，用泥土塑造，明知自己的作品没有前景，甚至可能毁于一旦，同时也清醒地意识到，归根结底，创造传世之作也不见得更为重要，这是荒诞思想所认可的难得的智慧。这两种任务齐头并进，一方面否定，另一方面又激励，这便是为荒诞作品创造者敞开的道路。他必须给虚无涂上色彩。

这就是导向艺术作品的一种特殊构思。创造者的作品被视为一系列孤立的见证，这种情况太常见了。这是将艺术家和文人混为一谈。一种深邃的思想，总是不断地生成，结合一种人生经验，在人生中逐渐加工制作出来。同样，独创一个人，就要在一部部作品相继呈现的众多面孔中，越来越牢固而鲜明。一些作品可以补充另一些作品，可以修改或校正，也可以反驳另一些作品。如果有什么东西终结了创造，那可不是盲目的艺术家发出的虚幻的胜利呼声："我全说到了。"而是创造者之死，合上了他的经验和他的天才书卷。

这种努力，这种超人的意识，不见得非出现在读者眼前。人的创造并无神秘可言。意志产生了这种奇迹。但是至少，真正的创造则无不包含秘密。一系列的作品，恐怕就是同一思想一系列相近的表现。不过，也可以设想另一类的创造者，他们采用的是并列法。他们的作品相互之间似乎没有什么关联，而且在一定程度上还是矛盾的。然而，这些作品重又归拢到一起，也就恢复了原来的秩序。作品的最终意义，还是从死亡获取的。作品也接受了各自作者生命之光的最亮眼部分。在这种时候，他的系列作品不过是挫败的集锦。然而，这些挫败如果说都保留了同样的共鸣，那么创造者却善于重复自身生存状况的形象，让自己所掌握的无果的秘密反响回荡。

在这里，掌控发力非同小可。但人的智力还是绰绰有余。智力只表明创造的意愿的一面。我曾在别处指出，人的意志旨在保持意识，并无别种目的。不过，没有法则还是行不通的。在所有隐忍派和清醒派的修炼中，创造应该最见效力。创造也是人的唯一尊严激动人心的见证：顽强反抗自己的生存现状，在成果无望的抗争中坚持不懈。每日每时都需奋力，控制住自己，准确地估量真实的界限，还需讲究分寸，掌握力道。创造是一种苦行的过程。这一切"什么也不图"，只为重复和原地踏步。不过，伟大的艺术作品，本身也许并不那么重要，更应重视它要求人经受的考验，以及它给人提供的机会：战胜心生的幽灵，更接近一点儿自身赤裸裸的现实。

不要误解了美学。我这里提起的，并不是耐心的陈述，不断而无效地阐明一个主题。如果我表达得清楚的话，情况正相反。命题小说，旨在证明的作品，最为可憎的作品，则往往是受一种"踌躇满志"的思想的启发。自以为掌握了真相，就忍不住炫耀。然而，在作品中推行的是观念，而观念却是思想的反面。这些创作者是些羞惭的哲学家。而我所说的，或者我所想象的那些创造者，却是一些清醒的思想家。正是在思想反省的某一些点上，他们树立起了自己作品的形象，视为一种局限的、短命的反抗思想的象征。

这些作品或许证明了什么事。不过这些证据，作者多留于自己，只是少量提供给别人。关键是他们在具象中获胜了，这就是他们的伟大之处。这种有血有肉的胜利，正是抽象的权力蒙羞的一种思想为他们准备的。等到抽象的权力羞愧难当的时候，肉体立即发挥能量，促使创作的作品大放荒诞的光芒。这便是反讽的哲学家创作出的激情四射的作品。

凡是放弃一统的思想，势必激发多样性。而多样性就是艺术的地盘。唯一能解放精神的思想，就是放任精神不管，任由精神确信自己的界限和临近的结局。精神不受任何学说的撩拨，只等待作品和生命成熟起来。作品一旦离开了精神，就会头一个再次让人听见一颗心尚未低沉的声音，永远摆脱希望的心声。抑或，不会让人听见任何声音，假如创造者厌倦了这场游戏，力图转身了。这还是一码事儿。

总之，我对荒诞创造的要求，也正是我对思想的责求，即反抗、自由和多样性。接下来，荒诞创造就要显示其深刻的无用性。荒诞人每天都这样努力，智力和激情相交混、相迷恋，从而发现一条将造就他主要力量的法则。必须身体力行，执着于明察也配合征服者的姿态。创造，就是这样给了他的命运一种形貌。对于所有这些人物来说，作品把他们确定下来，至少相当于他们确定了作品。演员已经使我们明白，在表象和存在之间并没有界限。

再重复一遍：这一切没有实际意义。在这条自由的路上，还要往前走一段。无论是创造者还是征服者，这些有亲缘关系的精神，还要最后努力一把，也要善于从自己的世界中解放出来：最终承认作品本身，不管是征服、爱情还是创造，可以视若不存在，从而圆成个人的一生深刻的无用性。这样甚至给了他们方便完成作品，正像瞥见了生活的荒诞性那样，他们就可以放开手脚，毫无节制地投入生活了。

余下的便是命运了，唯一的出路已经注定。除了死亡，这唯一注定的命运，快乐或者幸福，一切都自由了。世界照样存在，人还是唯一的主人。维系着人的，是对另一个世界的幻想。人的思想的命运，不再是自暴自弃，而是化为形象，重新活跃起来。思想活灵活现——当然是表演神话——神话的深度不外乎人类痛苦的深度，也像人类痛苦一样无穷无尽。取悦于人并蒙蔽人的，倒不是神化寓言，而是人世的面貌、行为和悲剧，其中浓缩了一种难得的智慧和一种无前途的激情。

西西弗神话

　　诸神判罚西西弗将一块巨石不断地推上山顶，巨石因自身重量一再滚落下去。诸神当初不无道理地认为，最可怕的惩罚，莫过于无用而又无望的劳作。

　　如果相信荷马的说法，西西弗就是最聪明、最谨慎的凡人。不过，按照另一种传说，他倾向于强盗的行当。我看这两者并不矛盾。他之所以成为地狱无效的劳作者，其动因看法不一。起初，有人指责他对诸神有点轻慢，泄露了神的秘密。河神阿索波斯的女儿埃癸娜①被宙斯劫走。女儿失踪，父亲很是诧异，便对西西弗发牢骚。西西弗了解这个劫持的事件，准备告诉他，但提出条件：他要给科林斯城堡供水。西西弗不惧上天的霹雳，情愿要水的恩泽。因此，他被打下地狱。荷马还向我们讲述，西西弗曾经锁

---

① 埃癸娜：希腊神话人物，河神女儿，被主神宙斯掠走。他父亲要夺回她，却被宙斯用雷击伤。后来埃癸娜与宙斯生了埃阿科斯——阿喀琉斯的祖父。

住过死神。普路同①眼见自己的王国荒凉沉寂，哪里忍受得了，便力促战神去把死神从胜利者的手中夺回来。

还有一种说法，西西弗人之将死，还要考验一下妻子的爱情。他命令妻子在他死后不要埋葬，而是暴尸于广场中央。西西弗下到地狱，心中十分恼火，觉得如此顺从他的遗嘱太违背人的爱情了，于是求得普路同的允许，返回人间去惩罚他妻子。然而，西西弗一旦重睹人世的面貌，一旦感受到水和阳光、灼热的石头和大海，他就不愿意再回到昏暗的地狱了。冥王再怎么召回、愤怒和警告，丝毫也不起作用了。西西弗面对弧形的海湾、明亮的大海和欢乐的大地，流连忘返，又生活了许多年。诸神必须做出决定。于是，墨丘利②亲自出马，揪住这个胆大妄为者的脖领，把他从欢乐中拉走，强行带回地狱：地狱早已为他准备好了大石头。

大家已经明白，西西弗就是荒诞的英雄。这样讲，既由于他的激情，也由于他的磨难。他鄙视诸神，仇恨死亡，热爱生活，这就使他遭受了不可名状的酷刑：毕其终生也一无所成。这就是热爱这片大地必须付出的代价。关于西西弗在地狱的情景，没人告诉我们什么。神话编出来，要借想象力栩栩鲜活起来。至于这则神话，我们仅仅看到一副绷紧的躯体，全力拥着巨石滚动上山，无数次重复同样

---

① 普路同：罗马神话中的冥王，即希腊神话中的哈得斯。
② 墨丘利：罗马神话中众神的使者、亡灵的接引神，即希腊神话中的赫耳墨斯。

的动作；仅仅看到那张抽搐的脸，脸颊紧紧抵着石头，一个肩头扛住沾满泥土的庞然大物，一只脚撑住；双臂再往上掀动，满把泥土的双手充分显示人的稳健。这种长久的奋力，只能用无顶的空间和无底的时间来衡量，终于到达目的地。然而，西西弗却眼睁睁看着，巨石转瞬间又滚落到山下，必须重新推上山顶。于是，他又下山走向平原。

我所感兴趣的，正是在这样回返、这种间歇中的西西弗。一张受苦受难的脸，那么贴近石头，已然化作石头了！我看见这个人迈着均匀的沉重步伐，重又下山，走向他也不知尽头的磨难。这一时刻仿佛一阵喘息。同他的不幸一样，肯定会去而复来，这便是意识活跃的时刻。每逢这种时刻，他离开山顶，渐渐深入神仙的洞府，那形象就高出他的命运，比他那块巨石更坚忍而强大。

这则神话可谓悲壮，正因为主人公具有清醒的意识。如果每走一步，都有成功的希望来支撑，那么它的痛苦又焉在？如今的工人，一生中天天劳作，干同样的活儿，这种命运也不失为荒诞。然而，只有在工人变得有意识的少许时刻，命运才是悲惨的。西西弗，诸神中的无产者，既无能为力又起而反抗，全面了解他那悲惨的生存境况；他每次下山时，思考的正是生存境况。可以说，洞察力既造成他的痛苦，同时也完成了他的胜利。以鄙视的态度，就没有战胜不了的命运。

　　这样一趟趟下山，如果说有些日子行进在痛苦里，也有可能走在欢乐中。欢乐一词并不多余。我还想象西西弗回到巨石前，痛苦从头开始。当大地的景象过分强烈地占据记忆，当幸福的呼唤冲击太大的时候，人心就难免油然而生忧伤的情绪，这就是巨石的胜利，人就成为巨石的化身。巨大的忧伤，实在不堪重负。这就是我们的客西马尼之夜①。然而，不可抗拒的真理，一旦被认识就消泯了。俄狄浦斯就是如此，起初顺应命运而不自知。从他知晓的一刻起，他的悲剧便开场了。可是，就在同一时刻，他弄瞎双眼，陷入绝望，承认他同这个世界的唯一联系，就是一个小姑娘细皮嫩肉的手了。于是，铿锵有力地讲出一句博大精深的话："尽管罹难重重，我这高龄和我这高尚的心灵，却能让我断定一切皆善。"索福克勒斯的俄狄浦斯，也像陀思妥耶夫斯基的基里洛夫一样，提供了荒诞胜利的一种样式。古代的智慧和现代的英雄主义不期而遇了。

　　没有写一本幸福教科书的意愿，就发现不了荒诞。"咦！怎么，路径都这么逼仄？……"然而，世界只有一个。幸福和荒诞是同一片大地的孪生子，两者是分不开的。若说幸福势必诞生于荒诞的发现，这恐怕是谬见。荒诞感也完全可能诞生于幸福。"我断定一切皆善。"俄狄浦斯如是说，而这句话是神圣的，响彻凶险而有限的人生天地。

---

① 客西马尼：耶路撒冷附近一座园子的名称，坐落在橄榄山山脚下，耶稣因被犹大出卖而被捕的前一夜，在园中为门徒们祷告。

这句话教育我们，一切尚未耗尽，也未曾耗尽。此话一出，就逐走一尊怀着不满和对无畏痛苦的喜好而进入人世的神。此话将命运变成一件人事，应当在人际解决。

西西弗无声的喜悦，就全部体现在这里。他的命运属于他自己。他那块巨石是他的事。同样，荒诞人一旦凝注自己的痛苦，就封住了所有偶像的口。在突然恢复寂静的天宇中，大地便升起万千细微的惊叹声音。无意识而隐秘的呼唤、各种各样面孔的邀请，都是必不可少的反面和胜利的代价。有太阳必有阴影，一定得了解黑夜。荒诞人说声"是"，就会持续不断地做出努力。如果说有一种个人命运的话，但是绝没有至高无上的命运，要不然，也只有那么一种，他认为是注定而可鄙视的命运。除此之外，他清楚自己的岁月由自己做主。在这种微妙的时刻，人返回自己的生活，西西弗又回到他的巨石前，凝视这一系列行为：这些没有关联的行为变成他的命运，而这命运又是他创造的，在他记忆的目光下协调一致，很快再由他的死盖棺论定。就这样，确信一切人事根源只在于人，虽然失明，却渴望看见并知道黑夜没有尽头，他也不停地走。那巨石仍在滚动。

我就把西西弗丢在山脚下。他那重负，我们总能再见到。不过，西西弗教给人升华的忠诚，既否定诸神又推石上山。他也一样，断定一切皆善。这片天地，从此没有了主子，在他看来既没有更贫瘠，也不是更无价值。这块石头的每一颗粒，这座夜色弥漫的高山每个矿石的闪光，都单独为他形成一个世界。推石上山顶这场搏斗本身，就足以充实一颗人心。应该想象一下幸福的西西弗。